KB038093

無敵名

**무적명**

7

백준 신무협 장편소설

ORIENTAL FANTASYSTORY & ADVENTURE

books
드림북스

# 무적명 7

초판 1쇄 인쇄 / 2012년 1월 11일
초판 1쇄 발행 / 2012년 1월 20일

지은이 / 백준

발행인 / 오영배
편집팀장 / 신동철
책임편집 / 박민선
편집디자인 / 신경선
펴낸 곳 / (주)삼양출판사 · 드림북스

주소 / 서울특별시 강북구 송천동 322-10호
대표 전화 / 02-980-2112  팩스 / 02-983-0660
편집부 전화 / 02-980-2116  팩스 / 02-983-8201
블로그 / blog.naver.com/dreambookss

등록번호 / 제9-00046호
등록일자 / 1999년 3월 11일

ⓒ 백준, 2011

값 8,000원

ISBN 978-89-542-4596-8 (04810) / 978-89-542-4303-2 (세트)

* 지은이와 협의하에 인지는 생략합니다.
* 잘못된 책은 구입한 곳에서 바꾸어 드립니다.

# 無敵名

## 무적명

7

백준 신무협 장편소설

ORIENTAL FANTASYSTORY & ADVENTURE

dream books
드림북스

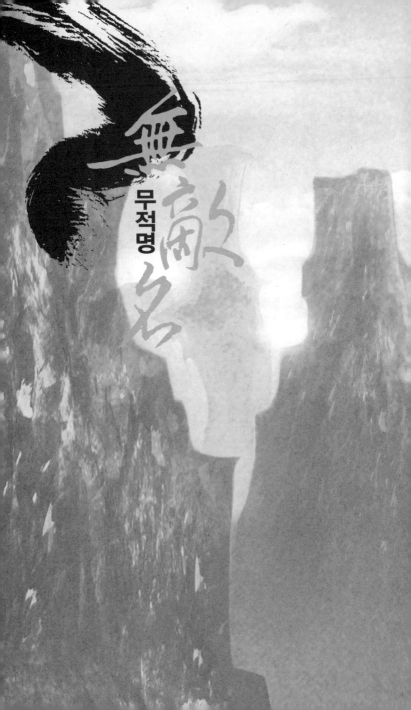

無敵名

무적명

목차

**제1장**

포기할 수 없는 이유

　사람의 죽음은 꽤 많이 보았기 때문에 익숙하다고 생각
했다. 하지만 여전히 자신의 품에서 죽어가는 사람의 모
습을 바라보는 건 익숙지 않았다.

　싸늘히 식어가는 사람의 체온을 직접 느끼는 일을 좋아
할 사람이 과연 있을까?

　죽은 신구희의 시신을 땅에 묻어준 장권호는 한참 동안
그 옆에 앉아 있었다.

　사람의 죽음을 애도하기 위해 앉아 있는 것이 아니었
다. 자신이 신구희의 무덤을 만들어주었기 때문에 앉아
있는 것도 아니었다.

　그저 지금 헝클어진 머릿속을 정리하기 위해 앉아 있을

뿐이었다.

"신검록……."

신구희가 죽으면서 한 말이 아직도 머릿속에 남아 있었다. 그만큼 충격적인 말이었기 때문이다. 왜 하오문이 신구희를 원하는지 이제야 이해가 되었다.

또한 잘 생각해보면 그를 원하는 사람이 비단 하오문만이 아닐 게 분명했다.

자신만 알고 있다 해서 해결될 문제가 아니었다. 신구희를 만났다는 사실 자체를 풍비가 봤기 때문이다.

'귀찮아졌군…….'

미간에 주름을 그리던 장권호는 주변을 에워싼 발소리에 자리에서 일어나 경계하며 살펴봤다.

아침 햇살이 서서히 주변을 밝게 비추기 시작할 때 나무 사이에서 풍비가 모습을 나타냈다.

자신을 피해 도망친 줄 알았던 풍비가 다시 모습을 보이다니, 지금까지 행동으로 보아 풍비는 절대 자신의 눈앞에 먼저 모습을 보일 사람이 아니었다. 그는 절대적인 확신이 있을 때만 움직일 자였다.

장권호의 예상이 틀리지 않았는지, 나타난 풍비는 지금은 자신을 죽일 수 있다는 자신감에 가득 찬 눈빛을 던지고 있었다.

"또 볼 줄은 몰랐군."

장권호가 먼저 말했다.

풍비는 장권호가 자신의 뒤로 모습을 드러낸 수하들을 바라보며 경계의 눈빛을 던지자 만족한 표정을 보였다.

삼도천의 정예무사들을 쉽게 상대할 수 있는 인물은 천하에 없다고 봐도 무방하다.

아무리 장권호가 대단한 무위를 지녔다 해도 자신과 수하들을 모두 상대할 수는 없다고 판단했다.

풍비는 수하들의 실력을 믿었고 그만큼 자신이 있었다.

"잠시 물러섰을 뿐, 처음부터 도망칠 생각은 없었으니까."

풍비는 도박을 선호하는 성격이 아니었다. 자신 혼자서는 장권호를 상대로 승리를 장담할 수 없었기에 물러났던 것이다.

장권호의 실력은 이미 어느 정도 알고 있기에 정면으로 승부할 생각은 없었다. 신구희를 다 잡았다고 생각한 순간 갑자기 장권호가 나타나 매우 놀랐지만 일단은 한발 물러섰다.

하지만 아무리 이성적인 판단으로 물러났다 해도 기분이 나쁜 것을 부정할 수 없었다. 눈앞에서 신검록의 단서 놓쳤기 때문이다.

"혹시라도 그놈에게 뭔가 들은 거라도 있나?"

"네놈이 죽여놓고 무슨 소리지?"

풍비는 장권호의 말에 미간을 찌푸린 채 턱을 어루만지
며 고민하는 표정을 보였다.

장권호의 말처럼 자신이 살수를 펼친 것은 사실이었고
그 상처라면 금세 죽었을 것이다. 만약 장권호도 신구희
에게 단서를 듣지 못했다면, 신검록에 대한 단서는 영원
히 사라진 것이다.

장권호가 나타나지 않았다면 신구희를 죽이는 일은 없
었을 테지만, 신구희에게 단서를 빼내기 전에 그가 나타
났다. 정면으로 상대해서는 이길 자신이 없었고 그에게
신검록의 단서를 넘길 수는 없었다.

장권호에게 신검록의 단서를 넘기느니 차라리 신구희
를 죽여 단서를 없애는 편이 더 낫다고 판단했다. 자신의
손으로 사라지게 한 것은 합리적인 판단에 따른 어쩔 수
없는 선택이었다. 그렇다면 이제 이 일을 본 장권호를 없
애는 일만 남아 있었다.

풍비는 생각을 정리한 듯 고개를 끄덕이며 짧게 말했
다.

"쳐라."

쉭!

말이 끝남과 동시에 삽시간에 흑의 무인들이 일제히 장
권호에게 달려들었다.

그들의 성난 파도 같은 기세에 장권호는 묵도를 손에

쥐었다. 그의 눈에 제일 앞에서 다가오는 삼 인의 모습이 잡혔다.

그들은 상당히 절제된 기운을 뿌리는 무사들이었다. 눈으로만 봐도 상당한 수준에 이른 무사들인 것을 알 수 있었다.

쉭!

일 장까지 접근한 그들의 검에서 강한 유형의 검기가 뻗어 나오자 장권호의 눈빛이 달라졌다. 설마 검기까지 쓸 수 있는 고수들이란 생각은 못 했기 때문이다.

검기를 다룬다는 것 자체가 대단한 일이었으며, 그런 고수들은 강호에서도 흔하지 않았다.

그런데 이들 세 명은 아무렇지도 않게 검기를 구사하고 있었다.

그들의 동료도 크게 차이 나지 않는 실력일 터. 그렇다면 이곳에 모습을 보인 흑의인들 대부분이 검기를 구사할 수 있는 고수들이라 봐야 했다. 달갑지 않았다.

따다당!

묵도를 들어 재빠르게 세 개의 검기를 튕겨낸 장권호는 망설이지 않고 그들을 향해 도 끝을 겨누었다. 하지만 상대방은 이미 저 멀리로 물러선 상태였다. 한 번 앞으로 나와 공격한 후 바로 빠진 것이다.

"……!"

장권호의 표정이 굳어졌다. 보통 다수 대 일의 싸움은 다수 쪽이 많은 수를 믿고 상대를 끝까지 몰아붙여 사생결단을 내려 한다. 그런데 이들은 상대에게 끝까지 달라붙지 않았다.

그들이 치고 빠지자 다른 세 명이 좌측에서 미리 기다렸다는 듯 접근했다. 그들은 처음의 세 명과는 달리 검기까지 구사하는 인물로는 보이지 않았다. 하지만 검날에서 풍기는 바람의 기운이 범상치 않았다.

쉬쉭!

검날이 다가오자 장권호는 그들의 검신을 받아 쳤다. '따당!' 거리는 금속음이 울렸고, 동시에 장권호의 도가 번개처럼 그들의 허리를 베어갔다.

하지만 그들은 어느새 삼 장이나 물러선 상태였다.

그때 다른 세 명이 또다시 제각각 삼면을 점하고 장권호를 향해 다가왔다.

그들의 빠른 움직임에 장권호는 다시 한 번 안색을 바꾸며 가볍게 원을 그리듯 도를 움직여 그들의 공격을 막았다.

따다당!

"큭!"

금속음과 함께 장권호의 도와 부딪친 무사들이 일제히 신음과 함께 뒤로 밀려나갔다. 장권호의 분쇄공이 가진 강렬한 충격을 이기지 못한 것이다.

'차륜전.'

장권호는 계속되는 상황에 자신의 생각이 맞다는 확신을 가졌다. 한 번 접근한 적은 두 번 나서지 않고 뒤에서 호흡을 고르고 있었다.

단 일 합에 자신의 내력이 대거 깎이지는 않겠지만 어느 정도 손실되는 것은 분명했다.

따당!

다시 한 번 날아드는 삼 인의 검을 튕겨낸 장권호는 슬쩍 시선을 돌려 풍비의 모습을 살폈다. 풍비는 뒤로 물러선 상태에서 팔짱을 낀 채 방관자의 모습을 취하고 있었다. 그런 풍비의 여유로운 모습에 장권호는 살짝 눈을 반짝였다.

＊　　＊　　＊

"상당히 여유 있어 보이는군."

"대단한 거겠지."

꽤 멀리 떨어진 노송 위에 서 있는 두 명의 장년인들이 장권호와 삼도천의 무리들이 어우러진 모습을 바라보며 대화를 나누었다.

"하지만 그리 오래가지는 못할 게야."

좌측 장년인은 조금 작은 키와 짧은 수염, 차가운 눈빛을 소유한 백의인이었다.

　그는 수염을 어루만지며 말했고, 우측 흑색 피풍의를 두른 장년인이 고개를 끄덕이며 동의했다.

　우측 장년인 역시 싸늘한 눈빛에 날카로운 인상의 인물이었고 왼손에는 유엽도를 쥐고 있었다.

　"그렇겠지."

　정체를 알 수 없는 그들은 싸움을 흥미로운 시선으로 지켜보고 있었다.

*　　　*　　　*

　풍비는 공천자가 만든 '삼멸진(三滅陳)'에 대해 강한 믿음을 가지고 있다. 그 무서움을 자신이 직접 경험해보았기 때문이다.

　더욱이 삼멸진은 일대일로는 대적할 수 없는 절정고수를 다수의 인원으로 상대하기 위해 공천자가 고안한 절학(絶學)이다.

　삼멸진은 단순하면서도 효과적인 진법이었다.

　세 명이 한 조를 이루어 치고 빠지는 단순한 전술이지만, 일정 수준 이상의 고수들이 빈틈없이 펼치는 합격술은 절정고수의 한 수와도 필적할 정도다. 또한 상대에게 강한 압박을 줄 수 있고, 무엇보다 상대방의 내력 소모를 극대화시킬 수 있기 때문에 지친 고수를 손쉽게 상대할 수 있었다.

오직 차륜전을 목적으로 만든 것이며 오랜 시간 공들인 진법이었다.

삼 인이 한 조를 이루어 장권호를 공격한 그들은 단 한 명의 피해도 입지 않은 채 모든 인원이 장권호와 손속을 겨루었다.

그렇게 일주가 끝이 나자 풍비는 장권호의 안색을 살폈다.

'아직은 무리가 없는 모양이군.'

풍비는 장권호의 무공이 대단하다는 것을 잘 알기에 이 정도로 그가 지칠 것이라고 여기지 않았다. 그리고 그의 생각을 반영하듯 장권호의 신색은 한 점 변화도 없었다.

흑의인들도 같은 생각을 한 듯 다시 한 번 움직였다.

이번에는 삼 인이 한 조가 아닌 육 인이 한 조가 되어 장권호를 핍박했다. 육 인이 한꺼번에 몰려왔으나 장권호의 표정에는 큰 변화가 없었다.

처음부터 끝까지 모든 사람들과 손을 겨룬 장권호는 이들이 다시 처음부터 삼 인으로 공격할 것이라 여겼다. 하지만 자신의 예상과는 다르게 움직이는 모습에 경각심이 강해졌다.

장권호가 슬쩍 시선을 돌려 풍비를 쳐다보았다.

"하암!"

풍비가 지겨운지 아주 잠깐 하품을 하였다. 그 모습을 본 장권호의 눈이 반짝임과 동시에 손에 들려 있던 묵도가 허공을 날았다.

슈아앙!

강렬한 풍압과 함께 달려오던 육 인 사이를 뚫고 지나간 묵도는 정확하게 풍비의 머리로 향했다. 갑작스럽게 일어난 일에 장권호를 공격하던 흑의인들의 표정이 굳어졌다. 흑의인들이 멈칫한 찰나의 순간, 장권호의 신형이 그들의 머리를 넘어 날았다.


풍비는 잠시 동안 긴장을 푼 상태였기에 날아드는 묵도의 섬광에 놀라 다급하게 검을 들었다. 묵도를 피하기엔 너무 늦었기 때문이다.

쾅!

"큭!"

급작스러운 공격에 미처 방비를 하지 못한 풍비는 뒤로 십여 걸음이나 물러서며 인상을 구겨야 했다.

양손으로 검을 들어 날아드는 묵도를 막았지만 그 충격이 워낙 대단해 양팔에 남은 여파가 쉽게 사라지지 않았다.

풍비의 검과 부딪친 장권호의 묵도는 허공으로 솟구친 상태였다. 강한 반탄력에 튕겨나간 것이다. '휘리릭!' 거리는 바람을 가르는 소리와 함께 장권호의 신형이 어느새 다가와 떨어지는 묵도를 잡아챘다. 그 직후 그의 신형이 마치 활시위를 떠난 화살처럼 허공에서 풍비를 향해 떨어져 내렸다.

"이런!"

풍비가 놀라 재빠르게 땅을 차 뒤로 날았다. 정면으로 장권호의 묵도를 받아내기엔 좀 전의 일격으로 당한 충격에서 아직 완전하게 회복된 상태가 아니었기 때문이다.

정면으로 장권호의 묵도를 받아낸다면 호신강기가 깨질 것이고 내상을 입을 게 분명했다.

풍비가 땅을 차 뒤로 물러서자 그 자리에 어느새 흑의인들이 다가와 자리를 메웠다. 그들이 풍비의 방패가 되어준 것이다.

그 짧은 순간에 흑의인들이 자리를 잡았으나 장권호는 별로 개의치 않고 그들을 향해 묵도를 휘둘렀다.

흑의인들이 장권호의 일도에서 강한 도기가 뿜어져 나오자 검을 들어 막았다.

쩌쩌정!

강렬한 금속음과 불꽃이 튀더니 흑의인들의 검이 부러져나갔다. 검이 부러지는 모습을 두 눈으로 지켜보던 흑의인들의 표정은 굳어졌다. 그 순간 검은 흑영이 눈앞에 아른거렸다.

퍼퍽!

육중한 타격음과 함께 흑의인들의 신형이 활처럼 휘어지더니 바닥에 고꾸라졌다.

그 사이로 빠져나온 장권호는 망설임 없이 풍비에게 향했다.

풍비는 장권호가 눈앞에 다시 나타나자 재빠르게 검기를 뿌렸다. '쉭쉭!' 거리며 공기를 가르는 검기의 날카로운 소리가 울렸다. 하지만 장권호의 신형이 유령처럼 좌우에 나타나 검기를 피하며 왼손을 들었다.

팡!

허공을 가격하자 공기 소리가 크게 울렸다.

그와 동시에 풍비의 표정이 굳어졌다. 눈앞에 무언가 나타난 것처럼 보였기 때문이다.

퍽!

"컥!"

왼 가슴을 움켜잡은 풍비의 신형이 뒤로 밀려났다. 숨이 멎을 것 같은 아찔한 충격에 아주 잠시 동안 정신을 차리지 못하였다. 하지만 재빠르게 호흡을 가다듬으며 내력을 끌어 올렸다.

"무영권?"

풍비는 매우 놀란 표정으로 장권호를 바라보았다. 그때 장권호의 주변으로 육 인의 흑의인이 약속한 것처럼 달려들었다.

그들이 일 장 가까이 다가오는 순간 장권호의 신형이 그들을 지나쳐 나왔다. 마치 허깨비 같은 그 움직임에 풍비의 눈동자가 굳어졌다.

퍼퍼퍽!

흐릿한 장권호의 잔상이 사라지는 순간, 육 인의 의복 등 쪽이 터져나가더니 곧바로 바닥에 쓰러졌다. 장권호의 내가중수법(內家重手法) 한 방에 여섯 명이 쓰러진 것이다.

그 놀라운 한 수에 풍비의 등줄기로 식은땀이 흘러내렸다.

풍비 역시 내가중수법은 펼칠 수 있었다. 하지만 이렇게 한꺼번에 육 인을 상대로, 그 짧은 찰나에 펼칠 수는 없었다. 그것도 최근에야 그 묘리를 터득한 무공이었다.

겉이 아닌 속을 파괴하는 내가중수법은 일류고수라 해도 익히기 어려운 무공으로 시전하는 데 상당한 시간이 필요한 수법이었다.

"미친……."

풍비는 어이없다는 듯 중얼거리며 어금니를 깨물었다. 지금 보여준 한 수는 하수들이 볼 땐 그저 허깨비 같은 모습일지 모르지만, 고수의 눈으로 봤을 때는 시사하는 바가 많았다. 장권호는 풍비에게 더 이상 놀아줄 생각이 없다는 말을 내가중수법으로 대신한 것이다.

장권호가 한 발 풍비에게 다가서는 순간 바람 소리와 함께 육 인의 신형이 빠르게 다가왔다. 장권호의 왼손이 가볍게 움직였다.

빠박!

일 장 앞으로 다가온 육 인의 안면에 강한 타격음이 울렸고 육 인은 다가온 것보다 더 빠르게 뒤로 튕겨나갔다. 흑의인들은 그의 손이 어떻게 움직였는지 볼 수조차 없었다. 마치 풍비의 말처럼 정말 무영권을 보는 듯했다. 그게 장권호의 단권이자 초쾌권(初快拳)이었다.

"크으윽!"

"큭!"

안면에 정통으로 초쾌권을 맞은 흑의인들이 비틀거리며 일어섰다. 그들은 소매로 얼굴을 문지르며 터진 입술과 코를 만졌다. 모두 인중 부근을 가격당해 얼굴이 말이 아니었다.

하지만 먼저 나선 육 인에 비하면 상태는 나쁘지 않았다. 극쾌를 추구하는 초쾌권인 만큼 상대에게 치명타를 줄 수는 없던 것이다. 물론 치명타는 아니어도 움직임을 둔화시킬 수는 있었다. 어차피 그게 목적이었기에 장권호는 크게 신경 쓰지 않았다.

또 다시 육 인이 한 조가 되어 장권호의 사방을 점하고 나타났다. 하지만 그들 역시 일 장 이상은 접근하지 못한 채 초쾌권에 안면을 격타당하더니 뒤로 튕겨나갔다.

그들은 신음을 토하며 비틀거렸다. 어떤 흑의인의 눈에는 눈물까지 맺혔다. 치명타를 입히지는 못했다고 하지만 그만큼 큰 고통을 전해주는 주먹이었다.

"네놈에게는 물어볼 말이 많아."

풍비에게 다시 한 번 다가선 장권호가 입을 열자, 풍비가 뒤로 물러서며 미소 지었다.

"궁금하면 물어보면 될 게 아닌가?"

풍비가 애써 여유로운 듯 말하는 그때, 장권호의 왼 어깨가 미세하게 움직였다. 장권호를 눈여겨보고 있던 풍비가 잽싸게 검을 들어 안면을 막았다.

팍!

공기가 찢어지는 소리가 울리더니 풍비의 신형이 가볍게 흔들렸다. 강한 충격 때문이다. 그래도 풍비는 장권호의 일권을 막았다. 좀 전에 수하들이 당한 한 수와 같은 수법이 나올 거라 예상했기에 가능한 방어였다. 그렇지 않았다면 안면에 장권호의 주먹이 박혔을 것이다.

"빠르군. 하지만 위력은 별로야…… 후후."

풍비의 말에 장권호는 미간을 찌푸렸다. 풍비의 말이

기분 나쁜 게 아니라 말과 함께 어느 순간 육 인이 아닌 구 인이 공격해왔기 때문이다.

구 인의 흑의인은 시간 차를 두고 공격해왔으며 그들의 전신에서 강한 살기가 흘러나왔다. 한 수에 장권호를 격살하려는 듯 강한 풍압이 동반되자 장권호가 묵도를 들어 가볍게 그들을 향해 점을 찍듯 공격했다.

파팟!

구 인을 향해 점을 찍자 묵빛 점들이 삽시간에 확산되어 마치 암기처럼 날아갔다. 구 인은 검을 들어 점을 막아 갔다. 그때, 장권호의 눈빛이 반짝였다. 동시에 점을 막은 흑의인들의 검날에 균열이 일어나더니 '쩌정!' 거리는 소리와 함께 검이 반으로 부러졌다. 그 사이로 점으로 변한 도기가 가슴을 파고들었다.

퍼퍼퍼퍽!

"크악!"

비명과 함께 구 인의 신형이 뒤로 날아갔다. 그들은 모두 가슴을 부여잡았으며 손가락 사이로 핏방울이 흘러나왔다. 하지만 그들은 가슴의 고통을 못 느끼는 것처럼, 부러진 검만 믿을 수 없다는 듯 바라보았다.

"이럴 수가……."

풍비 역시 믿을 수 없다는 듯 장권호를 바라보았다. 도저히 인정하고 싶지 않을 만큼 대단한 신위였다. 무엇보다 구 인이 모두 죽지 않았다는 사실이 더욱 무겁게 다가왔다. 그들의 가슴을 깊게 찌른 것이 아니었기 때문이다.

장권호는 처음 그들이 삼 인이 한 조가 되어 덤빌 때, 그들을 물리치는 목적보다 지금의 결과를 염두에 두고 공격해오는 자들의 검신에 내력을 집중해 쳐냈다. 그 결과 검신에 미세한 균열이 생겼고, 흑의인들은 그 사실을 모른 채 장권호의 묵도와 두 번째로 마주쳤다. 장권호의 묵직한 힘과 부딪친 검에 충격이 퍼지자, 균열이 가 있던 검신이 견디지 못하고 부러져나간 것이다.

흑의인들은 금이 간 사실을 모르고 있었기에 매우 놀란 표정을 지었고, 섣부르게 움직이지 못한 채 사태를 관망하기 시작했다. 그들의 시선엔 놀라움과 살기가 교차되고 있었으며 이마와 등줄기에는 식은땀이 흘러내렸다.

그들 자신도 왜 자신들의 몸이 굳어진 것인지 이해를 못 했다. 어떤 고수와 싸워도 이렇게 망설임을 보인 적이 없었기 때문이다.

동료들을 마구 죽이는 마인을 상대할 때도 이렇게 중압감을 느끼지는 않았다. 더구나 장권호를 상대하면서 동료들이 죽어나가는 것도 아닌데, 그의 기도에 눌리는 기분을 느껴야만 했다.

"무르군."

풍비가 애써 장권호의 기도에 눌린 사실을 부정하며 말

했다. 풍비가 지켜본 장권호는 사람을 죽이는 데 있어서 상당히 망설이는 것처럼 보였다.

장권호가 흑의인들에게 치명상을 입히지 않은 것은 그들을 견제함과 동시에 풍비가 도망치는 것을 막기 위한 생각에서였다.

풍비를 계속해서 신경 써야 그가 쉽게 달아날 수 없을 것이고 그에게 궁금한 점들을 질문할 수 있었다.

장권호의 목적은 풍비의 생포였다.

쉭!

환영처럼 장권호의 신형이 흔들리더니 어느새 풍비의 일 장 가까이 접근했다. 풍비는 장권호의 유령보에 놀라 재빨리 검을 들어 검기를 뿌리며 장권호의 신형을 베었다.

하지만 장권호는 별 힘을 들이지 않고 풍비의 검기를 피한 후 그의 허벅지를 베었다.

묵빛 도기가 하체를 베어오자 풍비는 기합과 함께 뛰어올라 뒤로 물러섰다. 그사이 흑의인들이 앞을 막자 풍비는 재빠르게 신형을 돌렸다. 이 기회에 자리를 피하려고 작정한 것이다. 하지만 장권호는 이미 흑의인들이 막을 것을 예상하고 있었다.

핑!

장권호의 묵도가 부드럽게 그들 중 가운데 있는 인물에

게 향했다.

쾅!

"크악!"

강렬한 충격음과 함께 흑의인의 신형이 허공중으로 솟구쳐 뒤로 날아갔고, 그 밑으로 장권호의 신형이 흑의인들을 지나쳐 바람처럼 빠르게 풍비를 향해 나아갔다.

장권호의 신형이 풍비의 뒤로 삼 장 가까이 접근하는 순간, 풍비가 뒤로 몸을 돌리더니 강렬한 검광과 함께 십여 개의 백색 원들을 날렸다.

"……!"

장권호는 갑작스러운 풍비의 일격에 안색을 굳히며 도를 들어 십여 개의 검환을 향해 내리쳤다.

쾅!

폭음과 함께 검환이 삽시간에 사라졌다.

장권호의 신형이 흔들리듯 풍비에게 접근해 그의 복부를 도의 손잡이 끝으로 찍었다.

퍽!

"크억!"

풍비의 육체가 활처럼 휘어지더니 뒤로 밀려나갔다. 그의 눈이 마치 금방이라도 튀어나올 듯 크게 떠졌으며 입에선 침이 흘렀다.

정신을 놓을 것 같은 고통에 신형을 비틀거리던 풍비는

육중한 무게가 전신을 누르자 비명 한 번 지르지 못한 채 저도 모르게 눈을 감았다.

쓰러지는 풍비를 안아 든 장권호의 신형이 재빠르게 숲 속으로 뛰어 들어갔다. 순식간에 장권호와 풍비가 사라지자 흑의인들은 그저 멍하니 그 모습을 바라만 보았다.

그들은 장권호를 쫓아갈 생각조차 못 하고 있었다. 장권호의 귀신같은 움직임과 그 무위에 저도 모르게 손발이 굳어버린 것이다.

한참 동안 그렇게 서 있던 흑의인들은 곧 정신을 가다듬고 부상당한 동료들과 함께 숲 속으로 사라졌다.

*      *      *

구주성과 세가맹의 혈전에 대한 소문은 빠르게 강호에 퍼져나갔으며, 그 와중에 풍운회의 전체 전력 중 오 할에 달하는 오천의 무인들이 강남으로 향했다.

그 소식에 다시 한 번 강호가 뜨겁게 타오르기 시작했다. 풍운회가 결국 세가맹과 손을 잡았기 때문이다.

풍운회 청룡당의 당주인 정관홍은 총단에 남아 있는 상태였다. 그의 앞에는 술상이 차려져 있었으며 그 맞은편에 정관홍과 마찬가지로 총단에 남은 현무당주 장무위가 앉아 있었다.

"강남땅에 한 번 가보나 했더니……. 휴우, 강남의 미녀들을 볼 수 있는 기회가 사라졌군."

"자네는 여전히 미녀 타령인가?"

장무위가 술을 한 잔 마신 후 미소를 보였다.

"자네는 서운하지 않은 모양이야?"

"회주님의 명령인데 서운할 게 있나? 집을 지키는 일도 밖에 나가는 일 만큼 중요한 일이네. 이 기회에 귀문과 수정궁이 복수한다는 명분으로 공격해오면 누가 막을 것인가? 자네나 내가 막아야 하지 않겠나?"

"흥!"

정관홍은 장무위의 말에 콧방귀를 뀌며 투덜거렸다.

"집지키는 개가 된 기분인데 중요한 일은 무슨."

정관홍은 술잔을 들어 한 잔 마신 뒤 다시 술잔에 술을 따르며 다시 말했다.

"귀문은 아직 공석인 문주 자리 때문에 내분이 심각한 상태인데 감히 풍운회를 넘보겠나? 거기다 수정궁은 선불리 움직이는 문파가 아니지 않나? 그런데 무슨…… 쯧!"

정관홍은 혀를 차더니 다시 술을 마셨다. 술잔을 내려놓는 그의 시선에 안으로 들어오는 양초랑이 보였다.

"왔군."

"어서 오게."

정관홍이 심드렁한 표정으로 말하고 장무위가 미소를 보였다.

"아직 해가 중천인데 술이라…… 둘 다 집 지키는 개가 되더니 술만 늘겠어. 하하하!"

양초랑이 의자에 앉으며 말하자 장무위와 정관홍의 표정이 굳어졌다. 안 그래도 정관홍이 한 말 때문에 둘의 기분은 처져 있는 상태였는데 양초랑까지 같은 말을 하자 분위기는 더욱 가라앉았다.

그 분위기를 읽은 양초랑이 술을 마신 후 말했다.

"그래도 자네들은 나보다 나아. 나는 집 지키는 개도 못되고……. 하아…… 그냥 여자만 쳐다보면서 할 일 없이 지내는 신세라네."

"훗!"

장무위가 그 말에 실소를 흘리더니 곧 입을 열었다.

"자네는 그래도 꽃이라도 감상할 수 있지……. 우린 그냥 이렇게 술이나 마시는 일이 다라네."

"꽃도 매일 보면 지겨워."

양초랑이 하품을 하며 말하자 정관홍이 분노 어린 표정으로 말했다.

"지겹다니! 감히 조 소저를 모욕하는 것인가? 내 꿈이자 내 삶의 활력을 주는 여인이라네!"

"그럼 청혼이라도 하든가?"

양초랑이 어이없다는 듯 말하자 정관홍은 심각한 표정으로 팔짱을 끼었다. 농담처럼 한 말이지만 심각하게 받아들이는 정관홍이었다.

"이렇게 강북삼도가 한자리에 모여 술을 마시는 것도 오랜만이군."

장무위가 조용히 말하자 양초랑이 고개를 끄덕였다. 이번 구주성과의 일전에서 강북삼도 모두 빠져 있는 상태였기에 한자리에 모일수가 있었다.

"모이면 뭐하나 전에는 싸움박질이라도 했지……. 이제는 뭐, 같은 풍운회에 있으니 술이나 마시고……. 심심하다. 이럴 때 어떤 특정 세력이 공격해온다면 참 좋을 텐데 말이야…….."

양초랑이 정말 심심한 사람처럼 중얼거렸다. 장무위가 그 말에 표정을 굳히며 말했다.

"심심하다 해서 그런 말을 함부로 하지는 말게."

정색한 그의 말에 양초랑은 고개를 끄덕였다.

"농담이니 인상 쓰지 말게나. 그것보다 우리 오랜만에 회포나 풀러 홍루에 가보는 것은 어떤가? 안 가본지 한참이라 이제는 그곳의 향기가 어땠는지 기억도 안 난다네."

"흠."

장무위가 다시 한 번 정색했고 정관홍이 얼굴을 붉히며 은근슬쩍 장무위의 눈치를 살폈다. 마음은 가고 싶은데 이성이 다리를 잡고 있는 상태였다.

"가면 재미있겠지?"

정관홍이 은근슬쩍 말하자 장무위가 미간을 찌푸리며 말했다.

"우린 회를 벗어나면 안 되네. 하룻밤 밖에 보내는 게 무슨 대수냐고 말하겠지만, 그 짧은 시간에 문제가 발생한다면 모두 우리가 책임져야 하네."

장무위의 말에 정관홍은 조금 실망한 표정으로 고개를 끄덕였다.

"답답한 친구들 같으니. 내가 이런 놈들을 친구라고 뒀으니…… 내 인생이 불쌍하다. 이만 가야겠다. 네놈들과 재미 없이 술을 마시느니 차라리 꽃이나 감상하는 게 더 즐겁겠다."

"부럽군."

정관홍이 정말 부럽다는 듯 일어서는 양초랑을 바라보았다. 양초랑은 그런 정관홍의 시선을 무시한 채 자리에서 일어나 밖으로 나가려다 갑자기 무언가 생각난 듯 고개를 돌렸다.

"잠시 잊어버렸었군. 아가씨가 네놈들과 함께 저녁이라도 먹잔다. 가겠나?"

양초랑의 물음에 장무위가 눈을 크게 떴고 정관홍이 벌떡 일어섰다.

"당연히 가야지. 어서 가지."

"아직 저녁 아니야, 이 사람아."

"뭐 어때? 그냥 가서 차라도 마시면서 시간 보내면 저녁인데. 같이 가세 친구."

정관홍은 곧 장무위를 바라보며 말했다.

"자네도 얼른 가지. 이렇게 구차하게 술을 마시는 것보다 조 소저와 차 한잔하는 게 더 좋을 것 같네."

"그러지. 생각해보니 우리끼리 술을 마시는 것보다는 낫겠어."

"네놈도 남자로군."

양초랑이 장무위의 말에 웃으며 말한 후 밖으로 나갔다. 그 곁에 장무위와 정관홍이 나란히 걸음을 옮겼다.

월동문을 지나 조선약의 거처로 향하던 세 사람은 들려오는 북소리에 안색을 바꿨다.

둥! 둥!

북소리는 비상을 알리는 것이었고 곧 소란스러운 소리와 함께 빠른 발걸음 소리가 울렸다. 장무위가 어느새 담장을 넘어 대웅전으로 향했다.

"자네는 아가씨께 가게나."

정관홍의 말에 양초랑은 고개를 끄덕인 후 곧 조선약의 거처로 향했다. 정관홍도 빠르게 정문 쪽으로 움직였다.

풍운회의 정문은 활짝 열려 있는 상태였고, 그 주변으로 십여 명의 무사들이 힘없이 쓰러져 있었다.

정문을 넘어 들어온 사람은 엉덩이까지 내려오는 긴 흑발을 대충 묶은 허름한 옷차림의 여자였다.

그녀의 앞머리는 콧잔등까지 내려와 얼굴을 반쯤 가렸는데 그래도 시야가 보이는지 주변을 둘러보고 있었다. 그러다 수많은 풍운회의 무사가 달려오자 걸음을 멈추었다.

우르르르!

걸음을 옮기는 풍운회의 무사들은 살기등등한 표정으로 그녀 앞에 도착했다. 적습이란 소리에 깜짝 놀라 달려온 그들은 상대가 조금 왜소해 보이는 소녀라는 것에 놀란 표정을 지었다.

"감히 이곳이 어디라고 함부로 들어오느냐!"

큰 호통 소리와 함께 사십 대 중반의 중년인이 무사들 사이로 나타났다.

그의 이름은 관해였고 풍운회의 부총관으로 자청운을 보좌하는 인물이었다.

소녀는 관해의 머리부터 아래까지 살핀 후 어느 정도 윗사람이란 판단에 입을 열었다.

"물어볼 게 있어서 들어가려 했더니 못 들어가게 해서 실례를 했어요."

"풍운회가 우습게 보이는 모양이군."

관해는 매우 불쾌한 표정이었고 감정을 다스리지 못하고 있었다. 소녀가 다시 말했다.

"풍운회를 우습게 볼 생각은 없어요. 다시 말하지만 물어볼 게 있을……."

"어디의 누구인지 소속을 밝혀라. 네 무례를 따져야 할 것 같다."

관해가 조금 차분해진 표정으로 소녀의 말을 잘랐다. 그러자 소녀의 기도가 갑작스럽게 표출되었다. 그녀가 내뿜는 기도에 관해의 표정이 굳어졌다. 마치 한 자루 검을 보는 듯이 날카로우면서도 차가운 한기를 내포하고 있었기 때문이다.

'고수…….'

관해의 머릿속에 절로 떠오른 생각이었다.

"풍운회를 찾은 손님으로 대해주시면 고맙겠군요."

"불쑥 찾아온 객 중에 손님은 없지. 이름도 밝히지 못하는 객을 우린 손님이라고 부르지 않아."

관해의 말에 그녀는 조금 망설이는 듯 보였다. 그때 무사들 사이로 장무위와 정관홍이 나타났다. 그들의 강렬한 기도에 주변 무사들이 뒤로 물러섰다.

장무위와 정관홍이 나타나자 관해의 표정이 조금 밝아졌다.

"무슨 일이오?"

장무위의 물음에 관해가 표정을 바꾸며 말했다.

"적은 아니라네. 우리 회에 물어볼 게 있어서 찾아왔다고 하는데 도대체 누구인지 이름조차 밝히지 않는다네."

"무례한 친구로군."

정관홍이 미소를 보이며 말하자 소녀의 시선이 정관홍과 장무위에게 향했다. 그녀는 강렬한 기도를 뿌리며 서 있는 두 청년의 모습에 과연 강북삼도란 생각을 하였다.

풍운회의 강북삼도는 이미 강북에 널리 퍼진 명성 높은 무인들이었기에 그녀가 모를 리 없었다.

장무위가 입가에 미소를 보이며 말했다.

"이름조차 모르는 분에게 무엇을 알려줄 수 있겠소? 더욱이 이곳 풍운회에 이렇게 함부로 들어와 물어볼 것이라면 분명 소저에겐 중요한 것일 텐데 무엇을 믿고 우리가 소저에게 정보를 알려주겠소? 소저가 생각해도 무례하지 않소?"

"개인적인 사정상 그런 것이니 이해해주세요."

장무위가 소녀의 말에 미간을 찌푸리다 그녀의 손이 상당히 곱다는 것에 눈을 반짝였다. 백옥처럼 새하얀 그녀의 손에 시선을 던진 그는 곧 미소를 보이며 다시 말했다.

"이렇게 합시다. 내 일 초를 받아내면 소저가 원하는 정보를 알려주겠소. 대신 받아내지 못한다면 이름을 밝히고 예의를 다해 사과하시오."

"장 당주."

관해가 그의 말에 놀란 표정으로 말했으나 장무위는 대수롭지 않다는 듯 말했다.

"걱정하지 마시오."

"자네도 느낀 모양이군."

정관홍의 말에 장무위는 미미하게 고개를 끄덕였다. 그녀만의 독특하면서도 투명한 기도를 장무위는 느끼고 있었던 것이다.

"소저의 손은 풀잎조차 들지 못할 것처럼 보이오. 하지만 그 손에 검이 들린다면 두려울 것 같소."

장무의의 말에 소녀가 눈을 반짝였다. 자신의 손을 보고 한 말이지만, 그 말속에 자신이 검을 든다는 사실을 안다는 뜻이 내포되어 있었기 때문이다.

"일 초라고 하셨나요?"

소녀의 물음에 장무위는 고개를 끄덕였다.

"그렇소."

"후회하시겠군요."

"속단하지 마시오."

장무위가 강한 기도를 보였다. 그것은 자신감의 표출이었다. 일 초면 소녀의 실력을 가늠하기 충분하다고 판단한 것이다.

소녀가 그 말에 입가에 미소를 걸었다. 자신감을 보이는 장무위의 모습이 마음에 들었기 때문이다.

"검을 빌려주시겠어요?"

"알겠소."


넓은 연무장의 중앙에 자리한 소녀의 손에는 검이 들려 있었다. 그 앞에는 장무위가 유엽도를 든 채 소녀를 바라보고 있었다.

"잘 부탁하오."

"저야말로."

장무위가 곧 자세를 낮게 잡더니 화살처럼 소녀에게 날아들었다. 그 쾌속한 움직임에 소녀의 눈동자가 반짝였다. 자신에게 다가오는 장무위의 모습이 마치 독수리처럼 보였기 때문이다.

소녀가 검을 눈앞까지 들어 올렸다. 그때 '팟!' 하는 소리와 함께 장무위의 신형이 흐릿하게 변하더니 좌우에 두 개의 형체가 나타났다.

번쩍!

빛과 함께 장무위의 신형이 사라지더니 소녀의 전신으로 수십 개의 빛 무리가 날아들었다. 가만히 있으면 꼬치처럼 온몸에 구멍이 생길 상황이었으나 소녀의 표정은 크게 변화가 없었다. 그리고 빛이 당도하자 그녀의 검이 빠르게 움직였다.

따다다당!

강한 금속음과 함께 소녀의 신형이 사라짐과 동시에 불꽃만이 연무장에 피어났다. 그리고 어느 순간 둘의 신형이 동시에 서로 떨어져 뒤로 물러섰다.

"대단하오."

장무위는 소녀가 정말 자신의 일 초를 받아낼 거라고 생각지 못하였기에 매우 놀란 표정을 지었다. 비록 소녀의 소매가 잘려나갔지만 그걸로 그녀가 받아내지 못했다고 말할 수는 없었다. 그런 그의 표정은 상당히 굳어 있었으며 눈동자엔 투기가 발산되고 있었다.

"초식명은 뭔가요?"

"삼영십환(三影十環)이오."

소녀는 적당한 이름이란 생각에 고개를 끄덕였다. 실제 빛의 선처럼 보였지만 그의 도기는 분명 원을 그리고 있었기 때문이다.

"손에 사정을 두셔서 고마워요."

소녀가 자신의 잘린 소매를 들어 보이며 말하자 장무위는 그저 담담히 고개만 끄덕였다.

"제가 이긴 건가요?"

"그렇소."

장무위의 대답에 소녀가 빠르게 말했다.

"그럼 정보를 얻을 수가 있겠군요."

"물론이오."

"장 당주."

권해가 장무위의 옆에 나타나 말리려는 듯 말하자 장무위가 소녀에게 말했다.

"내가 알고 있는 선에서 대답하리다."

소녀는 장무위의 말에 별다른 대꾸를 하지 않았다. 그가 한 약속은 풍운회가 한 약속이 아니었기 때문이다.

"궁금한 게 무엇이오? 무엇을 묻기 위해 이곳에 이렇게 온 것이오?"

"장권호가 이곳에 있다고 들어서 찾아왔어요. 이곳에 있나요?"

"없소이다."

소녀의 물음에 장무위는 간단하게 대답했다.

"어디에 있나요?"

"강남으로 간 것으로 알고 있소. 정확히 목적지는 모른다오."

"얼마 전에 남궁세가에 모습을 보였다고 들었소."

정관홍이 흥미 있다는 표정으로 장무위의 옆에 나타나 말하자 소녀는 고개를 끄덕였다.

"그런데 장 형에 대해 왜 묻는 것이오?"

"갚을 게 있어서 그래요. 알겠어요. 이만 실례하지요."

소녀가 볼일은 다 끝났다는 듯 말한 후 신형을 돌리자 장무위가 외쳤다.

"잠깐! 멈추시오, 소저."

장무위의 외침에 소녀가 신형을 돌리자 장무위는 그녀의 손에 들린 검을 바라보며 말했다.

"그건 놓고 가시오."

"아! 그렇군요."

소녀가 그의 말에 실소를 보인 후 검을 바닥에 내려놓았다.

"그런데 당신의 대명(大名)은 무엇인가요?"

"장무위라 하오."

소녀는 그 말에 미소를 보인 후 신형을 돌렸다.

"저는 서영아라 해요."

그녀의 말에 장무위는 서영아란 이름을 각인이라도 하려는 듯 중얼거렸다.

＊　　　＊　　　＊

풍비를 안아 들고 동쪽으로 방향을 잡아 달리던 장권호는 깊은 산중에 홀로 서 있는 반쯤 부서진 초옥을 발견하고 그 안으로 들어갔다.

지붕이 있는 한쪽은 약초꾼이나 사냥꾼들이 산속에서

밤을 보낼 때 머물다 간 흔적이 보였다.

"좋은 곳이군."

장권호는 풍비를 곧 바닥에 내려놓은 후 점창파의 송유가 썼던 기린검을 살펴보았다.

장권호는 기린검이 내뿜는 예기에 금방이라도 베일 것 같은 기분이 들어 기린검을 검집에 넣은 후 한쪽에 앉았다. 그러고는 꽤 멀리까지 달려와 피곤했는지 금세 눈을 감고 잠을 청했다.

다음 날 아침, 눈을 뜬 장권호는 누워 있는 풍비를 바라보다 자리에서 일어섰다. 풍비는 오래전부터 눈을 뜬 듯 눈동자를 들어 장권호를 바라보고 있었다.

깨어난 것은 한참 되었지만 마혈과 아혈이 점혈당한 상태였기에 아무것도 할 수 없었다. 그저 멀쩡한 정신으로 지금의 상황을 어떻게 빠져나갈 것인지 고민할 뿐이었다. 하지만 뾰족한 방법이 떠오르지 않았다.

누워 있는 풍비에게 다가온 장권호는 점혈이 풀릴 시간이 다 되었기에 다시 한 번 마혈을 점하고 한쪽에 앉았다.

"궁금한 게 많아."

장권호는 낮은 목소리로 말했다. 풍비는 그 말에 눈을 반짝였다. 적어도 자신이 죽을 확률이 줄었다는 증거였기 때문이다. 장권호는 자신을 죽이기보다 정보를 얻으려 했다. 그렇다면 살길이 있다는 뜻이기도 했다.

"아혈이 풀릴 시간이 되었을 텐데?"

"아."

장권호의 말에 풍비가 입을 열고 목소리가 흘러나오는 것을 확인하고 곧 시선을 돌렸다. 장권호를 바라보는 풍비의 표정은 냉담하게 가라 앉아 있었다.

이런 상황에서도 침착한 그의 표정에 장권호는 그의 심기가 강하다고 생각했다.

"장 형은 재미있는 사람이오."

"내가 재미있다고?"

"보통 이런 상황이라면 내 입을 열게 하려고 고문을 할 텐데 전혀 그렇게 할 낌새도 보이지 않으니 말이오."

"못 할 거라 생각하나?"

"한다면 할지도 모르겠소……. 하지만 내 입을 통해 원하는 정보를 얻을 수 있겠소?"

풍비가 실소를 흘리며 말하자 장권호는 그 말에 자리에서 일어섰다. 강한 살기가 풍비에게 향하자 풍비의 눈동자가 흔들렸다. 하지만 그는 두려움을 감추며 다시 한 번 미소 지었다.

"장 형은 사람을 죽일 위인이 못 되니 죽지는 않겠구려."

"네 말대로 죽일 생각은 없어."

장권호는 곧 풍비를 지나 아궁이로 보이는 곳에 장작을 넣고 불을 피우기 시작했다.

"우리가 처음 만난 게 두 달 전이던가?"

장권호가 시선을 돌려 묻자 풍비는 그저 대답 없이 굳은 표정을 보였다. 장권호는 신경 쓰지 않고 계속 말했다.

"궁금한 건 네가 다시 나타났다는 점이야. 네 목적은 내가 아니라 그 사람들의 목숨이었겠지? 어떻게 알고 왔나? 누가 보냈지? 네놈 뒤에 있는 놈은 누구냐?"

장권호의 물음에 풍비가 말투를 바꾸며 말했다.

"질문이 많군. 궁금한 게 많은 모양이야?"

"좀 전에 말하지 않았나? 궁금한 게 많다고 말이야."

"후후."

풍비는 그저 가볍게 실소를 흘리며 대답하지 않았다.

"나는 유가장에서 네놈을 처음 봤지만 네놈은 나를 알고 있었다. 내가 유가장으로 가는 사실을 아는 사람은 극히 드물었는데 어떻게 네놈은 나를 알고 있었지?"

"그냥 고문을 하지그래?"

풍비의 말에 장권호는 풍비에게 다가와 그를 의자에 앉혔다. 그 앞에 앉은 장권호가 풍비에게 말했다.

"거래를 하는 게 어때?"

장권호가 금방이라도 고문을 할 것 같아 내심 긴장했던 풍비는 갑작스럽게 거래를 하자는 말에 의아한 표정으로

바라보았다. 무슨 말을 하느냐는 그의 시선에 장권호는
조용히 한마디 했다.

"신검록."

"......!"

풍비의 눈이 부릅떠졌다. 장권호의 입에서 신검록이란
말이 나왔기 때문이다. 자신이 수하들을 놔두고 혼자 신
구희를 찾아간 이유가 바로 신검록 때문이었다.

제2장

찾아온 손님들

　신검록이 장권호의 입에서 나오는 순간 그의 눈빛이 욕
망에 번뜩였다. 그래서일까? 그의 눈빛이 달라졌다.

　"신검록에 대해 아는 모양이군."

　"네놈이 죽인 그 친구가 유언처럼 신검록에 대해 말해
줘서 알게 되었지."

　장권호의 말에 풍비의 표정이 굳어졌다. 풍비의 머릿속
에 수많은 생각이 교차하며 지나갔다. 하지만 그 생각은
곧 하나의 결론에 도달하였다. 이미 신검록을 위해서라면
목숨까지 버릴 각오가 되어 있었기 때문이다.

　"신검록의 위치를 알려주더군."

　풍비는 다시 한 번 놀란 표정을 보이다 곧 감정을 가라

앉히고 차갑게 물었다.

"네놈의 말을 어떻게 믿지?"

"그럼 내가 어떻게 신검록에 대해 알게 되었다고 생각하나? 죽은 자가 말해주지 않은 이상 내가 알 리 없지."

풍비는 미미하게 고개를 끄덕였다. 장권호의 말이 틀리지는 않았기 때문이다.

천하에 신구희가 신검록을 훔친 자라는 사실을 아는 사람은 극소수에 불과했다. 삼도천에서도 알고 있는 자가 거의 없었다. 극비에 해당하는 임무였고 그 임무를 맡은 사람이 바로 자신이었다.

신구희가 죽은 지금 천하에서 유일하게 신검록의 위치를 아는 사람은 눈앞에 앉아 있는 장권호 한 명뿐이었다. 그 사실이 풍비의 마음을 흔들어놓고 있었다.

"신검록은 어디에 있나?"

풍비의 물음에 장권호는 손을 저었다.

"내가 원하는 정보부터 말해."

"그러지."

풍비는 순순히 고개를 끄덕였다.

'어차피 대충 둘러대면 그만이다.'

풍비는 이미 장권호가 어떤 질문을 할지 예상이라도 한 듯 편안한 안색이었다.

"아까 물은 것부터 알려줘야지."

"기억이 안 나는군. 다시 물어."

"유가장에 어떻게 왔느냐는 점이다. 내가 그곳에 온다는 것을 어찌 알았지?"

장권호의 물음에 풍비는 고개를 끄덕이며 말했다.

"유가장에 간 것은 당연히 위에서 명령했으니 간 것이고, 위에서 알려줬으니 그곳에 네가 있다는 사실을 알게 된 게 아닐까?"

"참 대단한 윗사람이로군. 나에 대해 모든 것을 알고 있는 것처럼 보이니 말이야. 누구지?"

"삼도천."

풍비는 단순하게 대답했다. 삼도천이란 말에 장권호는 자신과 삼도천은 엮일 수밖에 없는 사이인 것처럼 느꼈다. 피할 수 없는 비를 맞는 기분이랄까? 누군가 자신을 조정하는 것처럼 기분이 좋지 않았다.

"삼도천 누구? 설마 삼도천이란 조직 전체는 아닐 테고…… 누구지?"

"공천자라는 분이시지. 나는 그분의 한 팔이고."

"내가 온다는 것을 미리 알고 살수를 보낸 것도 그 사람인가?"

"아마 그렇겠지?"

풍비는 당연하다는 듯 대답했다. 그의 말에 장권호는 안색을 바꿨다. 그러자 풍비가 비웃으며 말했다.

"보기 보단 아둔하군. 네놈을 그곳을 보낸 사람이 누구지? 나라면 그것부터 생각할 텐데 말이야. 그리고 네가 그 자리에 있다는 것을 어떻게 알았을까? 이상하지 않아?"

장권호는 풍비의 말에 이미 전부터 의심했던 풍운회주에 대해 생각했다. 풍운회주도 뭔가를 알고 있는 사람이 분명했다. 자신을 유가장으로 보낸 장본인이 바로 그였으니까. 그가 자신을 보냈고 그 자리에 기다렸다는 듯이 살수들이 나타났으며 풍비까지 있었다. 그렇다면 모두 같은 편이 아닐까?

그건 어쩌면 당연히 드는 생각이었다.

단지 확인하고 싶을 뿐이었다.

"내가 아둔한 편이지 그래서 네가 하고 싶은 말은 모두 한통속이란 뜻이로군."

"공천자의 아들이 풍운회주라면 믿겠나?"

"……!"

장권호의 눈동자가 번뜩였다. 생각지도 못한 사실을 알았기 때문이다.

"그 사실을 아는 사람은 극히 드물지. 풍운회주가 공천자 아니, 백염군(白炎君) 조야성의 아들이란 것을 아는 사람은 많지만 백염군이 공천자라는 사실을 아는 사람은 없지."

풍비의 설명에 장권호는 그저 생각하는 표정으로 눈만 반짝일 뿐이었다. 조씨세가는 산동지방의 유지로 풍운회의 기반이 된 것으로 알고 있다.

조씨세가의 힘이 없었다면 풍운회가 이토록 크게 자리를 잡지 못했을 것이다. 그만큼 막강한 힘이 있는 곳이었다.

장권호는 생각을 접고 풍비를 향해 미소를 던졌다.

"많은 사실을 아는 모양이군."

"많이 아는 편이지."

풍비가 고개를 끄덕였다.

"네 직위는?"

"육비라고 삼도천의 천주들을 도와주는 일꾼일 뿐이다. 나는 풍비라 하지."

"풍비라…… 그럼 나머지 다섯이 더 있다는 뜻이로군."

"물론. 네가 아는 자들일 거다."

풍비의 말에 장권호의 표정이 다시 한 번 굳어졌다. 그 모습이 재미있는지 풍비는 옅은 미소를 보였다.

"흥미롭지 않나? 나머지 다섯은 세가맹에 관련된 년놈들인데……. 삼도천의 천자들은 세가맹의 자식들을 제자로 받아들여 그 끈을 이용하지. 물모인데 그놈들은 그 사실을 잘 몰라. 그저 천자들의 제자가 된 것에 기뻐하고 자신이 뭔가 대단한 놈이라도 된 것처럼 굴지. 본래 빈 수레가 요란하잖아? 하하하!"

풍비가 재미있다는 듯 다른 오비들을 욕하며 웃었다.

"그자들은 누구지?"

"남궁세가의 남궁명과 제갈세가의 제갈수. 또 유가의 유진진이란 계집이 있지. 나머지는 손가의 손원이다. 그리고 세가맹과 상관없는 한 명이 있긴 한데, 알아봤자 소용없는 놈이지만 마위라고 꽤 단순한 놈이 있어."

풍비가 빠르게 대답해주자 장권호는 모두 들어본 이름이었기에 상당히 놀라고 있었다.

"왜 사람들이 내게 그토록 그만두라고 한지 알 것 같군. 재미있어."

장권호는 흥미롭다는 듯 중얼거렸다.

"더 궁금한 건 없고?"

"삼도천은 어디에 있지?"

"무이산 제선곡."

풍비가 빠르게 대답했다.

"공천자가 그곳에 있나?"

"그는 무이산에 있을 때도 있고 산동에 있을 때도 있지. 설마 무이산에 가려는 것은 아니겠지?"

풍비는 장권호의 굳은 표정을 바라보며 설마 하는 생각으로 물었다. 장권호는 그저 담담히 미소만 보일 뿐이었다.

"미쳤군. 네가 아무리 고수라 해도 그곳에 가서 살아나올 수 있다고 생각하나?"

"그건 네가 신경 쓸 문제가 아니야."

"그렇긴 하지."

풍비는 실소를 흘렸다. 장권호가 곧 눈을 반짝이며 물었다.

"무적명은 누구지?"

무적명이란 말에 풍비의 안색이 바뀌었다. 그의 굳은 표정에 장권호는 그가 알고 있다는 생각이 들었다. 풍비가 곧 미소를 보이며 말했다.

"천주를 본 적은 있지만 그것도 한 번뿐이다. 이름조차 모르지⋯⋯. 하나 향비를 찾으면 알지 않을까? 향비인 유진진은 천주의 곁에 머물며 그를 모시고 있다고 하니 말이야. 그게 아니라면 공천자에게 직접 물어보는 게 빠를 거다."

풍비는 장권호의 표정이 굳어지는 모습을 재미있다는 듯 바라보며 이어 말했다.

"안다고 해서 만날 수 있는 사람이 아니지만."

"이름을 물었다."

"나도 몰라."

풍비는 당연하다는 듯 말했고 장권호는 슬쩍 살기를 보였다. 하지만 그런 살기는 바로 사라졌다. 풍비의 말이 사실처럼 보였기 때문이다.

"삼도천과 하오문의 관계에 대해 알고 있나?"

풍비가 그 물음에 조금 생각하는 듯 미간을 찌푸리더니 곧 입을 열었다.

"관계가 있겠지. 강호에서 살아남으려면 삼도천과 관계를 맺어야 할 테니 말이야. 그런데 하오문과 삼도천이라…… 뭔가 어울리지 않는 말이로군. 왜 묻지?"

"질문은 내가 하지."

풍비는 장권호의 말에 입을 다물었다. 장권호는 자신의 물음에 대답할 생각이 없어 보였고, 자신은 그의 말에 따라야 하는 처지기 때문이다.

장권호가 정색하며 다시 물었다.

"삼도천이 장백파를 공격했나?"

풍비가 안색을 바꾸며 굳은 표정을 보였다. 장권호가 장백파의 사람이란 사실을 잘 알기 때문이다. 문득 지금의 질문은 자신에게도 위험한 질문이란 생각이 들었다. 대답을 잘해야만 자신이 원하는 답을 얻고, 장권호의 손에서 벗어날 수 있을 것 같았다. 그건 본능적으로 느낀 예감이었다.

그의 머리가 빠르게 회전하기 시작했다.

"그 일은 나도 모르는 일이다. 나라고 해서 모두 다 알고 있는 것은 아니니까. 하지만 변방 이민족 문파가 강성

해지면 공격하는 것 또한 삼도천이 하는 일이니 부정하지도 못하겠군."

"최근의 점창파를 말하는 것인가?"

"그렇지."

풍비는 부정하지 않은 채 미소를 보였다. 그 모습에 장권호의 기도가 차갑게 변하였으나 곧 안정을 찾은 듯 장권호는 담담한 얼굴로 돌아왔다.

"삼도천은 재미있는 곳이로군."

"중원 그 자체가 삼도천이야. 네가 건드리려고 하는 곳이 이제 어떤 곳인지 대충 감이 잡히나? 지금까지 삼도천의 눈 밖에 나서 살아남은 사람은 본 적이 없어."

"곧 보겠군."

장권호의 담담한 대답에 풍비는 어이없다는 듯 그를 바라보더니 곧 호탕하게 웃었다.

"하하하하!"

크게 웃던 그는 곧 웃음을 멈추더니 차갑게 말했다.

"정신이 나갔군."

풍비는 실소를 흘리다 곧 다시 말했다.

"확실히 광오하지만, 네놈의 그런 위험한 생각 때문에 위에서 네놈을 죽이려 한 것인지도 모르겠군. 왜 나는 변방의 이름 없는 네놈을, 위에선 왜 그토록 경계하고 죽이려 했는지 이해할 수가 없었어. 그런데 이제 조금 이해가 되는 듯해."

풍비는 곧 호흡을 고른 후 다시 말했다.

"나를 살려두면 분명 후회할 거야."

풍비의 말에 장권호는 담담히 고개를 끄덕였다.

"무이산이라…… 멀군."

장권호는 낮은 목소리로 중얼거리다 곧 일어나 밖으로 걸음을 옮겼다. 그러자 풍비가 놀라 소리쳤다.

"신검록에 대해 말해줘야지! 어디 가나!"

장권호는 그 말에 걸음을 멈춘 후 고개를 돌렸다. 장권호는 당연하다는 듯 말했다.

"네게 신검록이 어디에 있는지 굳이 말할 이유가 있을까? 네 말이 진실이라고 어떻게 믿지?"

"처음부터 알려줄 생각이 없었군."

풍비가 강한 살기를 보이자 장권호는 선선히 고개를 끄덕였다. 곧 장권호는 한쪽에 놓인 기린검을 손에 쥐며 다시 말했다.

"기린검은 내가 가져가지."

"멈춰!"

풍비가 다급하게 외치자 장권호가 다시 한 번 고개를 돌려 풍비를 바라보았다. 그러자 풍비가 급하게 말했다.

"내 말은 모두 진실이다! 네가 원하는 정보를 분명 줬을 텐데? 어서 말해! 신검록은 어디에 있어?"

침을 튀겨가며 소리친 풍비의 표정은 간절함이 묻어 있었다. 하지만 장권호는 그런 풍비의 마음을 무시하며 말했다.

"죽이지 않은 것만으로도 감사해야 할 텐데?"

장권호의 눈빛에 살기가 맴돌다 사라졌다. 풍비는 그 말에 눈을 크게 뜨다 곧 입을 다물었다. 지금 자신이 어떻게 할 수 있는 입장이 아니었기 때문이다. 하지만 입은 살아 있었다.

"내 얼굴을 기억하는 게 좋아. 네 목을 잘라버릴 얼굴이니까."

장권호는 풍비의 서늘한 목소리에 대답 없이 밖으로 나갔다.

"으아아아악!"

장권호의 기척이 사라지자 풍비는 치밀어 오르는 분노를 누르지 못한 채 소리쳤다. 생각하면 생각할수록 자신이 어리석게 보였고, 장권호에게 당했다는 사실에 참을 수가 없었다. 살면서 이렇게 굴욕적인 기분을 느끼기는 처음이었다.

"으아아악!"

다시 한 번 소리친 풍비는 거칠게 숨을 헐떡이다 자리에서 일어섰다.

"⋯⋯!"

마혈이 풀렸다는 사실에 전신을 떨더니 미친 듯이 주변에 장영을 뿌리기 시작했다.

콰쾅! 쾅!

강한 폭음소리와 함께 집이 허물어졌으며 그 사이로 풍비가 모습을 보였다. 그는 아직도 분이 풀리지 않은 듯 주변 땅을 향해 주먹을 내질렀다.

쾅!

"썅! 으아악!"

쾅! 쾅!

몇 번이고 땅을 때리던 풍비는 땀에 젖은 얼굴로 숨을 거칠게 몰아쉬더니 곧 실성한 사람처럼 크게 웃기 시작했다. 그의 웃음소리가 한참 동안 산등선 너머로 울려 퍼졌다.

*　　　*　　　*

우목산(牛目山) 어귀에 자리한 녹원장의 입구에는 상당수의 무사들이 오가고 있었다. 녹원장이 한눈에 내려다보이는 높은 산등선에 백의인들이 모습을 보인 것은 해가 막 떠오른 아침이었다.

"인원이 너무 많아요."

녹원장의 입구에서 오가는 무사들의 수를 헤아린 이석

옥이 아미를 찌푸리며 말했다. 옆에 서 있던 가내하가 그 말에 수긍하는 듯 고개를 끄덕였다. 그녀가 보기에도 상상했던 것 이상으로 무사들의 수가 많았던 것이다.

"너무 많은 것도 문제가 되긴 하네요. 아무리 못해도 천여 명은 될 것 같아요."

가내하의 시선이 임아령에게 향했다. 어떻게 할 건지 묻고 있는 그녀의 시선에 임아령은 천천히 말했다.

"우리는 인원이 적으나 저들보다 발이 빠르니 아무래도 성동격서(聲東擊西)가 제일 좋을 것 같다. 일단 시선을 다른 곳으로 돌려놔야지."

임아령의 말에 모두 고개를 끄덕였다. 그녀의 생각이 지금 이 상황에서는 가장 좋은 것 같았기 때문이다.

임아령은 고개를 돌려 풀밭에 주저앉아 쉬고 있는 종미미를 바라보았다. 그녀는 지금 이 상황이 자신과는 아무런 상관이 없는 것처럼 편안해 보였다.

"이 동생하고 령과 화가 정문에서 들어가 시선을 끌고, 나와 사매들은 그 틈에 조반옥을 찾아 들어가자. 명심해야 할 건 공격하는 게 아니라 그저 잠깐의 시간만 벌면 된다는 점이야. 들어간 후 바로 나와야 한다."

임아령의 시선이 이석옥에게 향하자 그녀는 고개를 끄덕였다.

"저희는 그럼 들어간 후 바로 나오면 되는 것인가요?"

"적을 어느 정도 끌어들인 후 나가면 된다."

령의 물음에 임아령은 빠르게 대답해줬다. 령은 그 말에 눈을 반짝이며 화를 바라보았다.

"그럼 후에 만날 곳은 어디인가요?"

"약속 장소는 우리가 마지막에 묶었던 화정의 성월루로 하지. 그곳에 먼저 가서 방을 잡아놓고 기다려. 그럼 금방 갈 테니 말이야."

"알겠습니다."

령과 화의 대답에 이석옥이 말했다.

"저희가 없어도 되나요?"

"문제가 생기면 우리도 바로 나올 테니 크게 걱정할 필요는 없을 거야. 마음먹고 도망간다면 천하제일의 고수가 온다 해도 쉽게 잡히지 않을 테니 말이야."

"알겠어요."

임아령이 걱정하지 말라는 듯 말했다.

"크게 걱정할 건 없어요. 저희와 함께 움직이면 되니까요. 거기다 미리 준비한 연통도 있으니 어렵지는 않을 거예요."

령의 말에 이석옥은 자신이 조금 긴장했다는 사실을 알았다. 그녀는 이곳에서 자신만 긴장하고 있다는 생각에 자존심이 상한 듯 낮은 한숨을 내쉰 후 고개를 끄덕였다.

'이들의 끝없는 자신감은 도대체 무엇일까?'

이석옥은 눈앞에 보이는 백옥궁 세 자매를 신기한 것처럼 잠시 바라보았다.

"언제 시작할까요?"

가내하가 묻자 임아령이 대답했다.

"곧 아침을 먹을 테니 그때를 기다리는 게 좋겠어."

"알겠어요."

가내하가 적당한 시기라는 듯 미소를 보였다.


방 안에 앉아 식사를 하던 조반옥과 소양양은 갑작스럽게 들어온 수하의 모습에 기분이 상한 듯 아미를 찌푸렸다.

"식사 중에 무슨 무례냐."

소양양이 낮게 분노 섞인 목소리로 싸늘히 말하자 무사가 부복하며 말했다.

"죄송합니다. 후방에 있던 유선당이 전멸했습니다."

"……!"

조반옥과 소양양의 표정이 한순간에 굳어지고, 그녀들의 강렬한 기도가 주변으로 흘러나왔다. 그러한 살기에 보고하는 수하의 이마에서 식은땀이 흘러내렸다.

"무슨 소리냐? 자세히 말해보거라."

"후방에 있던 유선당의 정기연락이 끊어져 확인하러 간 묵선당에서 알려왔습니다."

"사당도는?"

"죽었습니다."

유선당의 당주인 사당도가 죽었다는 소리에 조반옥의 어깨가 미미하게 떨렸다. 자신이 아끼던 수하 중 한 명이었기 때문이다.

"성주님께 알렸느냐?"

"아직입니다. 일단 원주님께 알려야 할 것 같아 먼저 보고드린 겁니다."

수하의 말에 조반옥은 고개를 끄덕였다. 만약 자신을 거치지 않고 성주인 녹사랑에게 보고했다면 경을 칠 일이었다.

"흉수는 세가맹이냐?"

"아직 보고가 없습니다. 하지만 세가맹이지 않겠습니까?"

"네 생각은 묻지 않았다."

"죄송합니다."

부복한 수하가 다시 한 번 고개를 숙였다. 조반옥은 잠시 생각하는 듯하더니 곧 빠르게 말했다.

"성주님께 이 사실을 알려라. 흉수에 대한 조사도 잊지 말고."

"알겠습니다."

"가봐."

조반옥의 말에 수하가 재빠르게 뒤로 물러나 밖으로 나
갔다. 그가 나가자 소양양이 입을 열었다.

"세가맹의 별동대일까요?"

"현재로선 그 가능성이 가장 높아……. 내가 생각해도
세가맹 이외엔 떠오르지 않으니까."

"세작들에게 알려온 보고에는 별동대가 움직인단 소리
는 없었잖아요?"

조반옥은 굳은 표정으로 고개를 끄덕였다. 소양양의 말
처럼 세가맹에 심어둔 세작들로부터 별동대에 대한 이야
기를 들은 일이 없었다. 세작은 상당히 정확한 정보를 전
해주고 능력 있는 인물이었다. 그런 그가 아무런 소식을
전하지 않았다면 분명 세가맹은 아닐 것이다.

"보고가 없었다면 세가맹이 아닐 수도 있어."

"세가맹이 아니라면 어떤 놈들일까요?"

소양양이 안색을 바꾸며 묻자 조반옥은 생각하며 혼잣
말하듯 중얼거렸다.

"녹 성주를 반대하는 놈들의 소행일지도 모르지. 아직
까지 성주를 반대하는 문파가 몇 있으니까……. 용호방
(龍虎幇)이나 귀룡곡(鬼龍谷)이 그중 대표적이지."

"용호방과 귀룡곡을 조사해야겠어요."

소양양이 안색을 바꾸며 중얼거렸다. 조반옥의 말처럼
용호방과 귀룡곡은 녹사랑에게 우호적인 문파가 아니었

기 때문이다.

"사람을 보내 불손한 움직임이 있었는지 확인해봐. 이 기회에 용호방과 귀룡곡을 없애는 것도 나쁘지는 않을 테니까."

"알았어요. 하지만 밥은 먹고 해도 되지요?"

소양양이 웃으며 하는 말에 조반옥은 가만히 미소를 보이며 의자에 앉았다. 소양양의 말 한마디에 아침부터 나빠졌던 기분이 조금 풀린 것이다. 하지만 다시 시작한 식사는 이번에도 오래가지 못했다.

삐이이익!

하늘 높이 파란 불꽃이 피어올랐으며 갑작스럽게 주변 공기가 소란스럽게 변하였다.

둥! 둥! 둥!

급하게 울리는 북소리가 녹원장의 전역으로 퍼지자 조반옥과 소양양은 굳은 표정으로 자리에서 일어섰다. 곧 급한 발걸음 소리와 함께 호위무사들이 들어왔다.

"무슨 일이냐?"

"침입자입니다."

수하의 말에 조반옥과 소양양은 어처구니가 없다는 듯 가볍게 헛웃음을 흘리더니 살기를 일으켰다.

"재미있군."

조반옥은 흥미롭다는 표정으로 자신이 머물고 있는 녹

원장에 겁 없이 침입한 적을 확인하기 위해 걸음을 옮겼다.

"미친놈이 아니고서야 감히……."

소양양이 어이없다는 듯 조반옥의 옆에 서서 함께했다. 그때 담장을 넘은 백색의 그림자가 한기를 뿌리며 날아들었다.

쉬아악!

강한 바람 소리와 함께 날아드는 한기에 놀란 소양양이 재빨리 좌장을 내밀어 막았다.

팍!

소양양의 좌장에 부딪친 한기가 사라지는 동시에 담장 위로 두 명의 그림자가 나타났다.

"오랜만에 보는군요."

임아령의 말에 조반옥의 눈빛이 차갑게 번들거렸다. 소양양은 갑작스럽게 나타난 임아령과 가내하의 모습을 매우 놀랍다는 듯 바라보다 곧 차갑게 살기를 일으켰다.

"백옥궁에서 나왔다는 소식은 들었는데 설마 하니 단둘이서 우리에게 올 줄은 몰랐군. 백옥궁에만 갇혀 지내다 보니 머리가 비었구나."

소양양이 비웃는 것처럼 말하자 임아령과 가내하가 담장에서 내려와 섰다. 가내하의 손에는 검이 들려 있으며 검신에선 차가운 한기가 마치 유형의 안개처럼 흘러나

오고 있었다.

"언젠가는 찾아올 거라 생각했다. 하지만 이렇게 무모
하게 단둘이서 찾아올 줄은 몰랐지."

조반옥이 소매를 늘어뜨리며 말하자 임아령은 미소를
보이며 대답했다.

"둘이라고 누가 그러던가요?"

임아령의 말이 끝나자 담장 위로 다시 한 명의 백색 그
림자가 아른거리더니 곧 모습을 보였다. 긴 흑발을 늘어
뜨린 그녀는 무색투명한 눈동자로 조반옥과 소양양을 바
라보다 곧 인사했다.

"두 분 숙모님을 뵙습니다."

"미미!"

조반옥의 눈동자가 굳어졌으며 소양양의 표정 역시 확
연하게 달라졌다.

"어떻게 네가…… 백옥궁에서 나오지 못할 터인데, 금
제라도 풀린 것이더냐?"

"그만큼 숙모님들을 데려오라는 궁주님의 의지가 강한
것이겠지요. 함께 가지요."

임아령이 종미미를 대신해 대답하자 조반옥의 안색이
창백하게 변하였다. 긴장한 것이 아니라, 그녀가 빙옥신
공의 내력을 서서히 일으켰기 때문이다.

"쳐라!"

조반옥의 외침에 호위무사들이 일제히 다가오자 종미미가 앞으로 한 발 나서며 그들을 맞이했다. 종미미는 양손을 늘어뜨린 채 그저 한 걸음 더 앞으로 걸었다.

그러자 '쩌저적!' 거리는 소리와 함께 땅이 얼어붙으며 삽시간에 냉기가 퍼져나갔다.

그 속으로 들어온 호위무사들의 다리가 순식간에 얼어붙더니 서리가 앉은 것처럼 흰색으로 변하였다.

"헉!"

호위무사들이 당황하며 순간 안색이 굳어졌다. 땅에 못이라도 박힌 듯 다리를 움직일 수가 없었기 때문이다.

그 사이로 종미미가 걸음을 옮기며 전신으로 안개 같은 기운을 뿌리기 시작했다.

슈아악!

백색의 안개에 닿은 모든 무사들의 몸에 서리가 앉았으며 이내 서서히 창백한 안색으로 변해갔다.

"으아아악!"

"크으윽!"

온몸을 떨며 마치 두려운 무언가를 보는 듯 그들의 표정은 크게 일그러져 있었다. 그 사이로 종미미는 조반옥을 향해 다가가고 있었다.

"이럴 수가……."

그 모습을 보던 호위무사들이 매우 놀랍다는 듯 종미미

를 바라보다 뒤로 물러섰다. 그녀의 주변에 흐르는 안개에 닿는 순간 죽을 것 같았기 때문이다.

"괴물 같은 년."

조반옥이 그 가공할 모습에 자신도 모르게 중얼거렸다. 종미미가 극음지기(極陰之氣)에 이른 것을 눈으로 확인하자 절로 두려운 마음이 들었다.

그 말에 기분이 나빴던 것일까? 종미미가 내뿜던 차가운 안개가 삽시간에 사라졌다. 그러자 눈사람으로 변해버린 무사들이 일제히 바닥에 쓰러졌다.

그들은 동상이라도 걸린 듯 퍼렇게 질린 얼굴로 쓰러진 채 일어서지 못하였다. 종미미는 그들을 지나 뒤로 물러선 십여 명의 무사들에게 시선을 던지며 손을 들었다.

스릇!

순간 그녀의 신형이 유령처럼 흔들리더니 사라졌다.

조반옥의 신형이 본능적으로 뒤로 물러섰고, 그와 동시에 종미미의 신형이 검을 들고 서 있는 무사들을 머리를 지나쳤다.

파팟!

안개 같은 기운이 스쳐 지나가듯 무사들을 덮친 후 사라지자 십여 명의 무사들이 온몸을 떨다 바닥에 쓰러졌다. 그런 그들의 얼굴이 퍼렇게 부어올랐다.

찰나의 순간에 극음지(極陰指)를 펼쳐 모두를 죽인 종미미였다.

극음지기에 이른 종미미는 이미 백옥궁에선 최고의 고수라 불렸으며, 숨 한 번으로 주변 공기를 얼려버릴 정도로 음공(陰功)이 극에 달했다.

그녀의 적수는 천하에 거의 없다고 봐도 무방할 정도였다.

슈악!

바람을 가르고 날아드는 녹색의 장영에 종미미는 왼손을 들었다. 순간 백색 기운이 뻗어 나갔다.

쾅!

조반옥의 빙옥장과 종미미의 한빙장이 부딪치자 강력한 폭음과 함께 사방으로 눈꽃이 휘날렸다.

그 사이로 종미미를 향해 다가오는 조반옥이 있었다. 조반옥의 양손은 녹색이 아닌 청색을 띠고 있었으며 사이한 기운이 맴돌고 있었다. 그것은 빙옥신공을 대성했을 때 나타나는 색이었다.

"빙옥신공(氷玉神功)의 대성을 축하드려요."

종미미는 손에서 느껴지는 차가움에 조반옥을 향해 말했다. 잠시지만 자신의 손이 차가움을 느낄 정도의 한기가 한빙장을 뚫고 들어왔기 때문이다. 추위를 느끼지 못하는 그녀에게 잠시나마 차가움을 느낄 수 있게 해준 것은 분명 대단한 일이었다.

"고맙구나!"

조반옥이 외치며 우장을 내밀었다. 그녀의 우장에서 피어난 송곳 같은 청색 기운이 종미미의 가슴을 향했다.

슈악!

청색 안개가 마치 고드름처럼 뻗어 나오자 종미미는 앞으로 나서며 좌장을 내밀었다. 그녀는 물러설 생각이 전혀 없는 듯 과감하게 나서며 한빙장을 펼쳤다.

쾅!

한빙장과 빙옥장이 마주하자 다시 한 번 폭음과 함께 사방으로 눈꽃이 흩뿌려졌다. 조금 전과 같은 결과로 보였으나 어느새 그 사이로 접근한 조반옥의 우장이 번개처럼 종미미의 가슴으로 파고들었다. 종미미는 그녀가 접근하자 재빨리 손을 움직여 그녀의 우장을 막음과 동시에 어깨를 잡아갔다.

타닥!

두 사람의 손 그림자가 어지럽게 난무하기 시작하더니 빠르게 주변을 맴돌기 시작했다.

빙옥수의 조반옥과 빙백수(氷白手)를 펼치는 종미미, 두 사람의 청색과 백색의 손은 스치기만 해도 주변을 얼음으로 만들 정도로 강한 내력을 담은 수법이었다.

팍!

두 사람의 쌍장이 마주치자 조반옥은 재빨리 반탄강기

를 이용해 뒤로 물러섰다. 그녀의 양 소매가 마치 나무껍질처럼 딱딱하게 굳더니 이내 조각나 바닥으로 떨어져 내렸다. 종미미의 내력을 이기지 못하고 얼어버린 것이다.

조반옥은 여전히 굳은 표정으로 종미미를 노려봤다.

태어날 때부터 극음지기를 타고난 종미미를 이기는 것은 역시 쉬운 일이 아니었다.

"괴물은 역시 괴물이로군. 인간이 아니야."

자신의 소매가 뜯어져나간 것을 보며 조반옥이 차갑게 중얼거렸다. 괴물이라는 말에 종미미의 아미가 살짝 찌푸려졌다. 어릴 때부터 듣던 말이지만 다시 들어도 기분이 나쁠 수밖에 없는 말이었다.

과거의 그녀였다면 별다른 감정 변화가 없었을 것이다. 하지만 장권호를 만난 이후, 그녀도 어느 정도 감정이란 것을 알게 되었다.

그 후로 계속 많은 변화를 겪어, 보통 사람보다는 여전히 감정 변화가 약하지만 그녀 나름대로 감정을 표현하기에 이르렀다.

그렇기 때문에 괴물이라는 기분 나쁜 말에 그녀의 표정이 변한 것이다.

"듣기 좋은 말은 아니군요."

쉬악!

그녀의 주변으로 퍼져 나간 백색 기운이 삽시간에 삼

장 내의 모든 사물을 얼려버렸다. 마치 한겨울의 얼음물에 몸을 담근 것 같은 차가움이 주변을 맴돌았다.

하지만 조반옥은 그러한 추위를 느끼지 못하는 것 같았다. 그녀 역시 빙옥신공에 대성한 얼음 같은 여자였기 때문이다.

"궁주도 애가 탄 모양이야, 네년이 나오다니."

"함께 가지 않으시면 어쩔 수 없이 저는 본 궁의 무공을 회수해야 해요. 하지만 저는 그렇게 하고 싶지는 않군요."

종미미가 무감정한 눈동자로 말했으나 그 안에는 안타까운 마음이 들어 있었다. 하지만 조반옥에게 그러한 종미미의 심정이 전달될 리가 없었다.

"네년 같으면 돌아가겠느냐? 돌아가면 사방이 막힌 음지에서 평생을 썩어야 하는데 말이다."

조반옥의 말이 사실이었기에 종미미는 대답하지 않았다. 그러자 조반옥이 미소를 보이며 말했다.

"강호에 나와 보니 어떻더냐? 즐겁지 않더냐? 자유롭지 않더냐?"

"즐겁더군요."

종미미의 말에 조반옥은 눈을 반짝이며 다시 말했다.

"이 즐거운 곳에서 오래 있고 싶지 않느냐? 네년 역시 돌아가면 감옥과도 같은 궁에서 나오지 못하겠지. 평생

그 좁은 방 안에서 지내야 할 게다. 그런 삶을 원하는 것
이냐?"

조반옥의 의도는 명확했다. 종미미의 마음을 백옥궁에
서 멀어지게 만들어서 자신이 백옥궁을 떠난 일에 공감하
게 하려는 것이다.

조반옥은 그녀가 뒤돌아서면 모든 것이 해결된다는 사
실을 잘 알고 있었다.

하지만 아쉽게도 종미미는 조반옥의 의도가 어떤 건지
관심도 없었다. 단지 돌아가야 한다는 것만 생각할 뿐이
었다.

따다당!

가까운 곳에서 금속음이 들리자 종미미의 시선이 우측
으로 향했다. 그녀의 눈에 가내하와 어울려 싸우는 소양
양의 모습이 보였고 소양양에게 접근하는 임아령의 모습
도 들어왔다.

"소 숙모의 무공 또한 한 단계 더 나아간 모양이군요."

임아령과 가내하의 합공에 소양양이 잘 대처하며 싸우
는 모습에 종미미가 중얼거렸다. 과거의 소양양이었다면
분명 얼마 버티지 못하고 제압당했을 것이다.

그건 조반옥 역시 마찬가지였다. 과거의 조반옥이었다
면 쉽게 제압할 수 있었다.

하지만 현재 조반옥은 빙옥신공을 극성까지 익힌 고수

였다. 아무리 종미미라 해도 그녀를 손쉽게 내리눌러 데 려갈 수는 없었다.

종미미의 기도가 갑작스럽게 변하며 살기를 띠었다. 그 때 조반옥이 종미미를 향해 쌍장을 뻗었다. 빙옥장의 강 한 한기가 밀려오자 종미미는 우수를 뻗었다.

"사설수(死雪手)."

쉬악!

그녀의 백옥 같은 손이 빙옥장을 정면으로 받자 빙옥장 이 마치 유리조각처럼 갈라지더니 깨졌다. 그 사이를 통 과한 종미미의 수영(手影)이 조반옥의 가슴으로 뻗어 나갔 다.

"……!"

조반옥은 매우 놀라 재빠르게 신형을 움직여 종미미의 수영을 피했다. 하지만 종미미의 수영은 조반옥을 놓치지 않으려는 듯 따라붙었다. 이를 악문 조반옥이 우장을 앞 으로 뻗어 막았다.

"……!"

수영을 막던 조반옥은 자신의 손가락이 마비되는 느낌 에 화들짝 놀라 번개처럼 손을 놀려 옆으로 튕겨내었다. 그리고 재빨리 몸을 움직여 종미미의 사정거리에서 멀어 졌다.

팍!

종미미의 손 그림자가 방향을 틀어 벽면에 닿자 날카로운 선이 하나 나타나며 벽이 갈라졌다.

'휘리릭!' 거리는 치맛자락 휘날리는 소리와 함께 조반옥의 신형이 지붕 위에서 모습을 보였다. 그녀는 종미미의 손을 피해 지붕으로 올라간 것이다.

종미미를 노려보는 조반옥의 안색은 아까와는 달리 차가운 한기가 번들거리고 있었으며, 강한 살기가 전신에서 퍼져 나오고 있었다. 그녀는 오른 손가락이 베인 상처를 눈으로 확인하며 더더욱 분노한 표정을 지었다.

조금 전 종미미의 손에 손끝이 닿자 베인 것이다. 베인 상처에서 핏방울이 흘러나오자 조반옥은 어깨를 떨었다.

빙옥신공을 대성한 자신의 몸에 한기로 인한 상처가 생겼다는 사실이 충격이었다. 믿고 싶지 않은 사실에, 충격은 분노로 이어졌다.

조반옥은 피가 배어나는 손을 바라보다 이내 입술을 깨물며 종미미에게 손가락을 튕겼다.

핑!

날카로운 소성과 함께 핏방울이 마치 송곳 같은 모습으로 종미미의 눈을 뚫었다. 뒤통수로 튀어나온 핏방울은 허공중에 녹아 사라졌다.

눈이 꿰뚫린 종미미의 신형이 흐릿한 잔상과 함께 연기처럼 흩어졌다. 그리고 이내 반보 옆에서 멀쩡한 모습 나타났다.

짧은 순간, 종미미가 두 사람으로 나뉜 듯 보였다.

종미미는 아미를 찌푸렸다. 자신의 핏방울을 빙옥신공으로 고체화시켜 암기처럼 다룬 조반옥의 실력보다 그 행위에 기분이 나빠진 것이다.

"설마 하니 네가 사설수를 익혔을 줄이야……."

"예의상 알려드린 거예요."

종미미의 차가운 목소리에 조반옥은 어금니를 깨물었다. 그녀의 말처럼 미리 말해주었기에 어느 정도 대비할 수 있었기 때문이다. 하지만 설마 하니 자신의 호신강기를 가볍게 뚫고 들어올 줄은 몰랐다.

"역시 마공은 달라도 다르군."

"엄연한 본 궁의 무공이에요."

종미미는 마공이란 말에 기분이 상했는지 눈동자에 가벼운 빛이 일렁이다 사라졌다.

사설수는 백옥궁의 전설 같은 무공이자, 아직 제대로 익힌 사람이 거의 없다고 알려진 무공이었다. 동시에 호신강기조차 가볍게 파괴하는 수공이자 그 기운에 스치는 모든 것을 얼려버리는 마공이기도 했다.

더욱이 극음지기를 타고난 종미미의 손에서 펼쳐진 사설수의 위력은 빙옥신공을 대성한 조반옥조차 감당하기 어려웠다.

"제가 손에 사정을 두는 것도 숙모님을 데려가기 위함이에요."

말을 하던 종미미의 표정이 굳어졌다. 그때 '쉬아악!' 거리는 소리와 함께 강렬한 섬광이 종미미의 뒤통수로 날아들었다.

종미미는 굳은 표정으로 반보 옆으로 옮겨 암기의 궤도에서 벗어난 후, 뒤로 돌아 날아드는 물체를 바라보았다. 그것은 화살이었다.

종미미의 눈이 화살이 날아온 궤적을 따라가다 담장 위에 올라서 있는 청년에게 향했다.

슈아악!

강한 바람을 동반한 섬광은 소리만으로도 화살이 대단한 위력을 지닌 것을 알려주었다. 종미미의 손이 올라갔다.

팍!

가볍게 화살을 잡은 종미미의 모습에 담장 위에 있던 청년은 놀란 표정을 짓다 수습하고, 재빠르게 세 개의 화살을 꺼내 활시위를 당겼다.

쉬쉭!

한순간에 세 개의 화살이 호선을 그리며 날아들자 종미미는 안색을 바꾸고 조반옥을 바라보았다. 어느새 조반옥의 신형이 반 장 가까이 접근하였고 그녀의 우장이 푸른 빛과 함께 종미미의 가슴을 향해 날아들었다.

그녀는 번개처럼 좌장을 앞으로 뻗어 조반옥의 빙옥장을 받아냄과 동시에 몸을 돌려 세 개의 화살을 피했다. 그러자 화살이 종미미의 뒤에 있던 조반옥에게 향했고 조반옥은 신경질적인 표정으로 양손을 들어 막았다.

쾅! 쾅!

"원주님!"

자신의 화살에 조반옥이 피해를 입자 재빠르게 허공을 날아 조반옥을 향해 내려서려 했다. 청년은 곧 아무렇지도 않은 모습의 조반옥을 눈으로 확인하자 신형을 돌려 종미미를 바라보았다.

'아름다운 여자로구나…….'

청년은 자신도 모르게 생각했다. 백옥 같은 피부에 마치 그림을 그려놓은 듯한 가느다란 선을 지닌 종미미의 모습은 지금까지 봐왔던 어떤 여자들보다 신비스러움을 안겨주었다.

"때마침 잘 왔군, 묵호당주."

"늦어서 죄송합니다."

묵호당주인 추정은 가볍게 읍을 한 후 종미미에게 다시 한 번 시선을 던졌다. 종미미는 어느새 일행을 포위한 수많은 무사의 모습에 잠시 주변을 둘러보다 임아령과 가내하에게 말했다.

"물러서야겠어요."

임아령과 가내하도 상황을 파악한 뒤였기에 가볍게 고개를 끄덕인 후 소양양을 밀쳐내고 허공으로 날았다. 그 뒤로 종미미가 땅을 차자 추정이 막으려 했다.

"그만!"

조반옥의 외침에 막 움직이려던 무사들이 발을 멈추었다. 조반옥은 상기된 표정으로 낮게 말했다.

"쫓을 필요 없어."

조반옥의 말에 모두 침묵했다.


작은 공터에 앉은 세 명의 백의녀들의 표정은 한결같이 무심했다. 임아령은 가내하에게 시선을 던지다 그녀의 팔에 난 상처를 보곤 아미를 찌푸렸다. 소양양의 청향비에 베인 상처였기 때문이다.

"상처는?"

"크지 않아요."

가내하는 아무렇지도 않다는 듯 대답한 후 붉게 물든 소매를 뜯어 베인 상처를 감쌌다. 그 모습을 보던 종미미가 말했다.

"제가 너무 물렀던 모양이에요."

그녀가 자신을 탓하듯 말하자 임아령은 고개를 저으며 말했다.

"두 숙모의 무공이 일취월장(日就月將)했다는 점을 간과했던 내 잘못이다."

임아령의 말처럼 조반옥과 소양양은 녹사랑을 성주로 만들기 위해 꽤 많은 실전을 경험해야 했고 또한 쉬지 않고 무공을 수련하였다.

백옥궁을 나갔을 때와 비슷할 거라고 여겼던 일은 분명 임아령의 실수였다.

"일단 물러서야 할까요?"

"물러선다라……."

가내하의 말에 임아령은 짧은 한숨을 내쉬며 생각에 잠겼다.

종미미는 그저 담담한 표정으로 먼 산을 바라보고 있을 뿐이었다.

"적어도 반 시진 정도의 시간은 벌 거라 생각했는데 너무 빨랐어."

임아령의 혼잣말로 중얼거리다 짧은 숨을 내쉬었다. 곧 그녀는 종미미와 가내하를 둘러보며 다시 말했다.

"사실 궁주님께선 빙옥신공의 비급과 청향비만 찾아오라고 하셨어."

"그래요?"

가내하가 임아령의 말에 상당히 놀란 표정을 보였다. 그 말은 곧 조반옥과 소양양을 죽여도 상관없다는 뜻이었기 때문이다.

"죽여도 상관없다는 뜻이군요?"

임아령이 묵묵히 고개를 끄덕였다. 가내하가 이해하기 힘들다는 표정으로 물었다.

"궁을 나올 땐 데려오라고 하셨잖아요?"

"그랬는데 구주성에 들어갔다는 소식을 듣고 그리 결정하신 것 같아. 최근에 온 소식이니까."

"처음부터 말씀하셨다면……."

종미미가 투명한 눈동자를 반짝였다. 만약 처음부터 살수를 펼쳤다면 지금처럼 물러서는 일은 없었을 것이다.

종미미의 그런 생각과는 달리 임아령은 조반옥과 소양양을 죽일 생각이 없었다.

궁주님의 명은 당연히 따라야 했지만 달리 생각해 보면 조반옥과 소양양 또한 궁에서 오랜 시간 함께한 이들이었다. 정이 없다면 그것은 거짓일 것이다.

"내 생각은 두 숙모님의 손에서 비급과 청향비만 회수하는 것이었어. 그 목적만 달성하면 된다고 생각했지."

"그럴 거라면 차라리 대화가 낫지 않겠어요?"

가내하의 말에 임아령은 고개를 끄덕였다.

"죽일 생각이 없다면 설득해서 비급과 청향비를 회수하는 게 오히려 더 빠르지 않을까 싶은데요?"

가내하의 말에 임아령이 다시 말했다.

"그 방법도 좋지만 문제는 두 분의 생사다. 두 분이 살아 있으면 아무리 비급을 회수했다 해도 백옥궁의 무공을 다른 사람에게 가르쳐줄 수 있으니 그것이 제일 걸리는 점이지. 본 궁의 무공이 외부로 유출되는 일은 절대 있어서는 안 될 일이다."

"백옥궁의 무공을 타인에게 가르쳐 주지 않겠다는 확신만 있다면 상관없지 않을까요? 그 두 분이 그러한 맹세를 해준다면 큰 문제는 없을 것 같은데요?"

가내하의 말에 임아령도 그 생각을 해봤기에 대답은 하지 않았다. 가내하의 말처럼 조반옥과 소양양이 타인에게 무공을 안 가르쳐준다면 큰 문제는 없어 보였다.

하지만 그 두 사람 자체도 이미 백옥궁을 나갔기에 백옥궁의 궁도가 아니다. 그런데 당연하게 백옥궁의 무공을 사용하고 있었다. 그것이 제일 큰 문제였다.

그 두 사람이 은퇴해서 강호에서 모습을 감춘다면 상관없겠지만 그들이 과연 그렇게 할까? 또한 구주성에서 백옥궁의 무공을 사용하는 사람이 있다면 구주성과 적대적인 중원에서 백옥궁을 곱게 볼 리가 없었다.

이는 향후 백옥궁과 중원의 관계에 악영향을 미칠 것이 분명했다.

"일단 오늘의 목적은 달성했으니 돌아가기로 하자."

"목적을 달성했다고요?"

임아령의 말에 가내하가 놀라 물었다. 오늘은 분명 아무런 소득도 없다고 생각했기 때문이다. 그런데 임아령은 목적을 달성했다고 했다.

"우리가 왔다는 것을 알리기 위해 온 것뿐이야. 그것만으로도 두 분에겐 큰 압박이 되겠지. 아마 우리의 존재 때문에 쉽게 움직이지도 못할 거야. 가자."

임아령이 먼저 움직이자 종미미와 가내하가 그녀의 뒤를 따랐다. 임아령의 말이 어떤 뜻인지는 잘 모르겠지만 분명한 건 조반옥과 소양양을 만났다는 사실이었다.

\*　　　\*　　　\*

달빛이 어두운 세상을 희미하게 비추었고 등불은 방 안을 환하게 밝혔다.

주향(酒香)과 기녀들의 웃음소리가 울려 퍼지는 기루는 마치 대낮처럼 많은 사람들이 오가고 있었다. 그 사이로 걸음을 옮기던 장권호는 사람들의 웃음소리를 멀리한 채 별원으로 안내되었다.

안에 들어가자 이미 술상은 차려진 상태였다. 장권호는 술잔에 술을 따라 한 잔 마신 후 멀리서 들려오는 발소리에 곧 술잔을 내렸다.

'하오문은 신검록에 대해 알고 있었다.'

장권호는 생각을 빠르게 정리하며 들어오는 추월을 반겼다.

"오랜만이오."

"다시 뵙게 되어 영광이에요."

추월이 상투적인 인사와 함께 맞은편에 앉았다.

자리에 앉은 추월은 전과는 다르게 장권호의 분위기가 조금 차갑다고 느꼈다. 뭔가 미묘하게 변화한 듯한 그의 모습에 긴장해야 했다. 또한 '송'에게서 아무런 연락도 없이 그가 나타났다는 것이 더욱 마음에 걸렸다.

"급작스럽게 찾아올 줄은 몰랐어요."

"송이 죽었으니까 연락을 못 받았겠지."

장권호의 말에 추월은 매우 놀란 표정으로 눈을 크게 떴다.

송에게서 연락이 두절된 지 꽤 되었지만 그녀가 죽었다고 생각한 적은 단 한 번도 없었다. 그저 무슨 문제가 발생했다고 막연하게 생각했을 뿐이었다. 무엇보다 지금은 구주성과 세가맹의 분쟁으로 이 지역 자체가 혼란스러웠기 때문이다.

"그게 무슨 말인가요? 송이 죽었다니요?"

"죽었소."

장권호가 잘라 말하자 추월은 그제야 송의 죽음이 사실이란 것을 깨닫고 안색을 바꿨다.

"누가 죽였지요?"

"삼도천의 풍비라고 하는데 아는 인물이오?"

장권호의 물음에 추월의 눈동자가 싸늘하게 변하였다. 풍비에 대한 정보는 거의 없지만 이름은 들어본 인물이었다.

"삼도천……."

추월은 낮은 목소리로 중얼거리다 곧 안정을 되찾았다. 장권호가 말했다.

"당신이 데려오라고 한 신구희도 죽었소."

신구희의 죽음은 장권호가 혼자 이곳에 왔다는 사실을 들었을 때 이미 예상했던 일이라 크게 놀라지 않았다.

하지만 송의 죽음은 여전히 추월의 머릿속을 어지럽게 만들었다. 그만큼 신뢰하고 아끼던 수하였기에 더더욱 아픔이 컸다.

"신검록에 대해서 왜 이야기를 안 한 것이오?"

장권호의 급작스러운 질문에 추월의 안색이 변하였다. 그의 입에서 신검록 이야기가 나올 줄은 꿈에도 생각지 못했기 때문이다.

그리고 장권호의 입에서 신검록이 언급된 순간, 그의 기도가 달라진 것을 눈치챈 추월은 일이 잘못되었다는 생각이 들었다. 그와 함께 여러 가지 생각들이 그녀의 머리를 스쳐 지나갔다.

"이야기한다면 장 소협은 신검록을 우리에게 넘겨줄 건가요? 그건 아니라고 생각하는데요. 신검록에 욕심이 없는 사람은 없어요."

단정 짓듯 추월이 말하자 장권호는 대답 없이 술잔만 들었다. 부정도 긍정도 안 했다.

고금제일인이라 불렸던 최고수의 무공이 담긴 비급에 욕심부리지 않을 무인은 없을 것이고 자신 또한 호기심이 있었기 때문이다.

"하오문에선 신검록에 욕심이 있었던 모양이오?"

"물론이에요. 우리 하오문을 단번에 강호제일의 문파로 만들어줄 비급인데 욕심이 없을까요?"

"그로 인해 하오문이 사라질지도 모르오."

"아무도 모르면 문제될 것은 없어요."

추월의 차가운 목소리에 장권호는 미미하게 고개를 끄덕였다. 그녀의 말이 틀리지는 않았기 때문이다. 또한 장권호도 죽이겠다는 일종의 경고와도 비슷한 말이었다. 장권호는 그렇게 들었다.

"재미있는 말이군."

장권호는 중얼거린 후 술잔을 내려놓으며 말했다.

"삼도천과 하오문은 어떤 관계인지 알고 싶소."

장권호의 말에 추월은 아미를 찌푸렸다.

"우리와 삼도천은 아무런 관계가 없어요. 삼도천에 저

희 문도가 숨어 있는 것은 사실이지만 삼도천과 우리는
태생적으로 적대적인 관계예요."

그녀의 설명에 장권호는 고개를 저었다. 그리고 확신에
찬 표정으로 말했다.

"삼도천과 아무런 관계가 아니라면 어떻게 신검록에 대
해서 알고 있었을까? 그리고 신검록이 삼도천에서 사라
진 것도 어떻게 알았을까? 하오문에서도 아는데 과연 다
른 문파에서도 모르는 문제일까? 여러 가지 생각들을 하
다 보니 한 가지 결론에 도달했소. 하오문은 삼도천의 손
이라는 것을 말이오."

"우리가 삼도천에 정보를 넘기기는 하지만 하수인은 아
니에요."

추월은 여전히 아니라고 대답했고 답을 들은 장권호는
곧 입가에 미소를 걸었다. 그의 미소에 추월은 긴장했다.

그 순간 '팍!' 하는 소리와 함께 장권호의 왼손이 앞으
로 뻗어나왔다. 추월은 앞뒤 생각할 것 없이 자리를 박차
고 일어나 장권호의 손을 막았다.

쾅!

강력한 폭음과 함께 추월의 신형이 지붕을 뚫고 솟구쳤
으며 장권호의 신형 또한 천정을 뚫고 뛰어 올라와 지붕
에 내려섰다.

휘리릭!

추월의 치맛자락이 바람에 휘날렸고 그녀는 곧 지붕 끝에 내려와 섰다. 추월은 차가운 표정으로 장권호를 바라보았다.

"장소협이 이렇게 경거망동한 사람인 줄은 몰랐네요."

추월의 말에 장권호가 말했다.

"신구희는 죽으면서 내게 신검록의 위치를 알려주었소. 그리고 그때 알았지……. 하오문도 한통속이란 것을 말이오."

"그건 분명히 말하지만 오해예요. 신검록에 대해 알게 된 것도 신구희가 본래 우리 하오문의 사람이었기에 가능했던 일이에요."

추월의 말에 장권호는 미간을 굳히며 살기를 거두었다. 신구희가 하오문의 사람이었다는 사실은 자신이 알지 못했던 일인 동시에 예상치 못한 말이었기 때문이다.

장권호의 살기가 사라지자 추월은 짧은 한숨과 함께 하오문에서도 극비인 사실을 이야기했다.

"신구희는 본래 본 문에서 삼도천에 심은 사람이에요. 그런데 우연히 신검록을 발견하고 훔치려 했지요. 물론 본 문에도 비밀로 하고요. 그는 신검록을 훔쳐 익힐 생각이었겠지요. 물론, 삼도천에서 신검록을 훔치는 일은 신구희 혼자서는 절대 불가능한 일이었어요. 아마 협력자가 있었을 것이라 추측해요. 어쨌든 신구희는 신검록을 훔쳐 달아났어요."

"어떻게 그렇게 자세히 알고 있지?"

"공천자와 만났으니 알게 되었지요."

추월의 말에 장권호의 표정이 굳어졌다.

"내려가서 말하지요."

추월은 주변에 발소리가 들리자 말했다. 장권호 역시 발소리에 고개를 끄덕이며 땅에 내려와 섰다. 얼마 지나지 않아 몇 명의 무사들이 들어오자 추월은 손을 저으며 별일 아니라는 듯 나가라 명하였다.

다시 주변이 조용해지자 추월은 이어 말했다.

"공천자는 신검록을 찾으려 했고 우리 역시 삼도천과 협력했지요. 물론 신검록을 찾으면 그만한 대가를 받기로 약속했지요. 신검록에 욕심을 부렸다간 우리 하오문이 사라질지도 모르는데 욕심을 내겠어요? 우리는 그 정도도 모를 만큼 바보가 아니에요. 공천자 역시 하오문에 대해 잘 알기 때문에 제의를 한 것이겠지요."

추월의 말을 모두 들은 장권호는 잠시 생각하다 말했다.

"나는 무이산에 갈 생각이오."

"……!"

추월의 표정이 굳어졌다.

그 모습을 보자 장권호는 미소를 보였다.

"삼도천이 무이산에 있다는 것을 알고 있었군."

추월은 부정도 긍정도 안 했다. 지금 부정하면 자신이 지금까지 했던 모든 말들이 모두 거짓처럼 들릴 게 분명했기 때문이다.

장권호는 쉽게 대할 수 있는 사람이 아니라는 사실을 다시 한 번 느낀 추월이었다. 문득 장권호에 대한 모든 생각을 바꿔야 할지도 모른다는 예감이 들었다.

"이미 처음부터 당신은 알고 있었소. 또한 풍운회주도 알고 있었고 내가 만난 모든 사람들이 알고 있었을 것이오. 삼도천에서 나를 죽이려 한다는 사실을 말이오. 가보면 알겠지…… . 오늘 당신이 내게 한 말이 사실인지 거짓인지."

"가면 죽어요."

추월이 진심으로 걱정된다는 듯 말하자 장권호는 고개를 저었다.

"나를 너무 모르는군."

장권호는 미소를 보인 후 곧 신형을 돌렸다. 그러자 추월이 조금 큰 목소리로 말했다.

"백옥궁의 사람들이 강남에 와 있어요."

"백옥궁."

장권호가 그 말에 걸음을 멈추고 추월에게 시선을 던졌다. 추월은 장권호가 백옥궁에 흥미를 보이자 다시 말했다.

"그들이 어디에 있는지 궁금하지 않은가요?"

장권호는 추월의 물음에 잠시 생각하다 곧 미소를 보였
다.

"아무래도 남은 술을 마저 마셔야겠군."

제3장

짧은 인연

구주성과 세가맹의 싸움은 여전히 강호에 큰 화제를 만들고 있었다. 어딜 가더라도 사람들의 입에선 구주성과 세가맹의 이야기가 흘러나왔다.

주루에서 많은 사람들이 떠드는 이야기를 들으며 령은 후문을 나와 별원으로 향했다. 그녀는 빠른 걸음으로 별원으로 들어가 방문을 열었다. 그러자 그녀의 눈에 차분한 표정으로 앉아 있는 사녀(四女)가 보였다. 화는 궁과의 연락을 위해 자리를 비운 상태였다.

"어때?"

령이 들어오자 임아령이 물었다. 그녀의 물음에 령은 재빠르게 남은 자리에 앉으며 말했다.

"사람들의 이야기를 들어보면 구주성이 조금 밀리는 것 같아요."

"풍운회와 세가맹이 손을 잡은 이상 구주성이라 해도 물러서야겠지."

이석옥이 당연하다는 듯 말했다. 그녀의 말에 모두 고개를 끄덕였다.

"녹원장의 무리들도 곧 구주성과 합세한다 들었어요."

"상당히 빨리 움직이는군."

임아령은 령의 말에 낮은 목소리로 중얼거렸다.

조반옥은 기습을 당한 바로 다음 날 녹원장을 버리고 구주성주에게 향했다. 그들의 빠른 움직임에 미처 대응하지 못하였다.

"우리도 그럼 이제 모용세가로 가야 하는 것인가요?"

가내하의 물음에 임아령은 생각할 것도 없다는 듯 고개를 끄덕였다.

"그렇게 해야지. 그래야만 숙모님들을 다시 만날 수 있을 테니 말이야."

"준비가 되는 대로 출발하기로 하지요."

"그렇게 하자."

가내하의 말에 임아령이 결정을 내렸고 곧 그녀들은 빠르게 방 안을 정리하기 시작했다.

*　　　*　　　*

　장사성은 때 아닌 호황을 누리고 있었다. 세가맹의 총 단이 모용세가가 되면서 많은 무사들이 모여들었고 그로 인해 많은 물자가 거래되었기 때문이다.

　특히 모용세가 인근은 인산인해를 이루고 있었다. 많은 세가맹 무사들과 함께 낭인들이 모여들었으며 최근에는 풍운회 무인들까지 몰려와 모용세가 주변은 무림인들의 대회장이 된 것처럼 보였다.

　소란스러운 밖과는 달리 모용세가 후원에 자리한 남궁 호성의 거처는 쥐 죽은 듯 조용했다. 정문을 지키는 무사 들만이 굳은 표정으로 서 있는 게 다였다.

　방 안에는 세가맹의 실질적인 맹주인 남궁호성과 의외 의 인물이 마주앉아 있었다. 그는 젊은 인물로 풍운회의 회주 조천천이었다.

　두 사람이 이렇게 독대하고 있자 그 분위기부터 무거웠 다. 먼저 입을 연 것은 조천천이었다.

　"이렇게 가주님을 뵙게 되니 기분이 새롭습니다."

　"삼 년 만에 보는 건가?"

　남궁호성의 말에 조천천은 고개를 끄덕였다.

　"삼 년 전 숭산에서 뵈었지요. 그때의 일검…… 아직도 기억에 남아 있습니다."

조천천이 가만히 미소를 보였다. 숭산에서 남궁호성과 조천천이 비무를 한 게 분명했다. 그렇지 않았다면 조천천이 남궁호성의 검을 기억할 이유가 없었기 때문이다.

남궁호성은 찻잔을 들어 차향을 음미하며 말했다.

"그때나 지금이나 자네는 여전히 호전적이군. 이렇게 투기를 보이니 말일세."

"이건 천성입니다. 저도 어쩌지 못하는 천성이지요. 무엇보다 가주님이 앞에 계시기 때문에 몸이 반응을 하는 것입니다."

남궁호성은 그 말에 미미하게 고개를 끄덕이며 찻잔을 내려놓았다. 문득 삼 년 전 조천천과의 비무를 떠올린 남궁호성은 그가 꽤 성장했다고 느꼈다. 그 당시에는 지금의 투기보다 훨씬 거친 기운을 발산했기 때문이다.

"본론이나 말하세."

"예."

조천천은 남궁호성의 말에 고개를 끄덕였다. 여전히 남궁호성은 상대하기 껄끄러운 인물이란 생각이 문득 들었다.

"지금은 구주성을 몰아내는 게 목적이니 그 목적이 같다는 것에 대해선 자네도 동의하는가?"

"물론입니다. 그렇기 때문에 이렇게 온 것입니다. 물론, 한편으로는 구주성주의 무공이 어느 정도인지 궁금했습니다."

"이 기회에 알아볼 생각인가?"

"기회가 된다면 알아내야지요."

조천천이 미소를 보이자 남궁호성은 그의 투기가 녹사랑에게 향한 것임을 읽었다. 내심 안도하게 되었다.

이 싸움이 끝난 뒤 조천천이 자신에게 덤벼들까봐 걱정했기 때문이다. 상대하는 데 문제가 있는 것은 아니다. 그러나 조천천은 상대하기 까다로운 고수임이 틀림없었다.

그렇지 않았다면 풍운회의 회주가 되지도 못했을 것이다.

"문제는 그다음입니다. 구주성을 몰아낸 이후에 대해 의논하기 위해 이렇게 직접 온 것입니다."

"그다음?"

남궁호성은 그의 말에 살짝 미간을 찌푸렸다. 그다음이란 말이 어떤 뜻인지 감을 잡기 어려웠기 때문이다.

"구주성을 몰아낸 이후에 무슨 문제라도 있는 것인가?"

조천천이 표정을 굳히며 고개를 끄덕였다.

"있습니다. 우리가 너무 잘 알고 있는 세력이지요. 진정한 강호는 없습니다."

조천천의 말에 남궁호성의 안색이 변하였다. 그가 말하는 세력이 어떤 세력인지 잘 알기 때문이었다.

"삼도천."

"예. 삼도천입니다."

남궁호성의 말에 조천천이 동의했다. 삼도천을 말하는 조천천의 표정은 상당히 굳어져 있었으며 눈빛은 차갑게 번뜩이고 있었다.

남궁호성은 가만히 조천천을 바라보다 그의 의도가 진심이란 것을 알자 고개를 저었다.

"자네는 위험한 생각을 하고 있군."

조천천은 남궁호성의 말에 조금은 실망한 표정을 보였다.

"삼도천이 존재하는 이상 세가맹과 저희 풍운회는 강호를 양분한다고 볼 수 없지요. 우리의 진정한 강호는 삼도천이 없어야 비로소 생기는 것입니다."

"공천자는 자네의 아버지일세. 그런데도 척을 지겠다는 것인가?"

"아버님의 삼도천이기 때문에 척을 지려는 것입니다."

조천천의 말에 남궁호성이 의외라는 듯 눈을 크게 떴다. 그는 자신의 아버지이기 때문에 등을 돌리려 한다는 말뜻을 잘 이해하지 못하였다.

"무슨 소리인가?"

"아버님은 야망이 크신 분입니다. 구주성과의 싸움으로 세가맹과 풍운회가 약해지면 아버님은 삼도천의 힘을 이용해 압박을 시작할 것입니다."

"그게 무슨 소리인가? 삼도천이 무슨 이유로 우리를 압박한다는 것인가?"

"강호통일."

"······!"

남궁호성이 눈을 부릅떴다. 그만큼 믿기 힘든 말이 조천천의 입에서 나왔기 때문이다.

매우 놀라는 남궁호성의 표정을 바라본 조천천은 말을 이었다.

"삼도천은 강호를 통일할 계획을 가지고 있습니다."

"그게 사실인가?"

남궁호성은 굳은 표정으로 물었다.

"예. 사실입니다."

"증거가 있는가?"

"증거는 없습니다. 하지만 확신은 있습니다. 그때를 대비해야 할 것입니다."

"믿을 수가 없군. 삼도천이······."

남궁호성은 여전히 믿기 힘들다는 듯 침중한 안색을 보였다. 조천천이 그런 남궁호성을 보며 다시 힘주어 말했다.

"이번 구주성과의 싸움이 끝이 나면, 분명 삼도천에선 우리 풍운회와 세가맹의 전쟁을 획책할 것입니다. 그때가 되면 믿으시겠습니까? 풍운회와 세가맹이 싸우게 되면 강호는 큰 혼란에 빠질 겁니다. 그 사이에 삼도천은 강호를 서서히 통일하겠지요. 그전에 우리가 먼저 손을 써야 합니다."

남궁호성은 침중한 표정으로 생각하다 말했다.

"오늘 이야기는 못 들은 것으로 알겠네."

"가주님."

조천천이 굳은 목소리로 부르자 남궁호성은 가만히 눈을 감았다. 그 모습에 조천천은 곧 자리에서 일어섰다. 남궁호성이 더 이상 대화를 하지 않겠다는 의지를 보였기 때문이다.

"제 말을 믿으십시오. 아니, 곧 믿게 될 겁니다."

조천천은 남궁호성을 한 번 바라본 후 천천히 밖으로 나갔다.

조천천이 밖으로 나간 후 남궁호성은 눈을 뜨곤 창밖을 통해 넓은 정원을 눈에 담았다. 곧 그의 뒤로 흑의를 입은 젊은 청년이 나타나더니, 부복한 채 마치 돌덩어리가 된 것처럼 움직이지 않았다.

한참 동안 입을 열지 않던 남궁호성은 수염을 쓰다듬다 짧은 한숨을 내쉬었다.

"네 생각은 어떠하냐?"

남궁호성의 물음에 부복한 흑의인이 조용히 입을 열었다.

"다른 사람도 아닌 풍운회주의 입에서 나온 소리입니다. 그 소리가 헛소리라 해도 조사할 가치는 있다고 생각합니다."

"삼도천과 풍운회의 의도를 파악하는 일을 동시에 해야 한다."

"예."

남궁호성은 짧은 한숨을 다시 한 번 내쉰 후 다시 말했다.

"삼도천과 풍운회를 조사하는 일이다……. 몇 명이나 죽을 것 같으냐?"

복면인은 그 물음에 잠시 입을 열지 못하였다. 하지만 대답은 해야 했기에 어렵게 말했다.

"운이 좋으면 칠 할 정도 죽을 것이고 운이 없다면 전부 죽을지도 모릅니다."

남궁호성은 참으로 어려운 결정을 해야 했다. 어렵게 키운, 그들 또한 남궁세가의 피를 이어받은 방계 자식들이었다. 그런 그들이 이번 임무에 대다수 혹은 전부 죽을지도 모른다고 생각하자 가슴이 아파왔다.

하지만 꼭 알아야 하는 일이었다. 남궁세가를 비롯한 다른 세가들의 명운이 걸린 일일지도 모르는 일이었다.

"풍운회와 삼도천을 조사해라."

"예."

스릌!

복면인이 사라지자 남궁호성은 차를 한 모금 마신 후 씁쓸히 고개를 저었다. 차 맛이 상당히 쓰게 느껴졌기에 절로 미간이 찌푸려졌다.

'삼도천……'

남궁호성은 공천자를 떠올리며 눈을 감았다.

*      *      *

추월은 장권호가 머물던 방으로 다시 들어갔다. 장권호가 떠난 지 이틀이나 지난 후였지만, 그녀가 이곳에 계속 머물고 있는 이유는 오늘 이곳에서 만날 사람이 있기 때문이었다.

"어르신을 뵙습니다."

추월은 방 안에 들어와 허리를 숙이며 인사했다. 그녀의 앞에는 백포를 두른 공천자가 앉아 술잔을 기울이고 있었다.

공천자는 추월이 들어오자 술잔을 내려놓으며 말했다.

"앉지."

"예."

추월은 상당히 경직된 표정으로 그의 앞에 앉았다. 공천자가 술병을 들어 추월의 잔에 술을 따라주었다.

"요즘 들어 믿을 만한 사람이 없는 것 같아 걱정이네."

뜬금없는 이야기에 추월은 술잔을 내려놓았다. 그의 말 속에 하오문을 믿지 못하겠다는 뜻이 내포되어 있는 것처럼 들렸다.

"무슨 말씀인지……?"

"신검록을 찾으라고 보낸 수하 놈이 일을 실패해서 하는 소리네."

공천자의 말에 추월은 그가 풍비의 일을 말하고 있다 생각했다.

"신검록을 못 찾은 것입니까?"

"조만간 찾겠지."

공천자는 담담한 목소리로 대답했다. 곧 그는 표정을 바꾸며 입을 열었다.

"그것보다 장권호가 다녀갔다고?"

"예."

추월은 고개를 끄덕인 후 다시 말했다.

"무이산으로 간다 들었습니다. 아무래도 삼도천이 장백파를 멸문시킨 흉수라고 생각하는 모양입니다."

"틀린 말도 아니지."

공천자는 별일 아니라는 듯 가볍게 미소만 보였다. 하지만 과연 그 말을 장권호가 들었다면 별일 아닌 문제가 될까? 공천자의 입장에선 작은 일이지만, 그 일이 장권호에겐 중원에 나온 궁극적인 목적이었다.

그러나 공천자는 장권호의 문제보다 지금은 손을 잡은 세가맹과 풍운회가 더 신경 쓰였다.

그렇다고 장권호를 그냥 둘 수도 없었다. 이대로 그가 무이산으로 간다면 무적명과 만날 가능성이 높기 때문이다.

지금 시기에 그와 장권호가 만난다면 공천자로선 좋을 게 하나도 없었다.

"장권호에 대해선 지금처럼 계속 보고하게나."

"예."

추월의 대답에 공천자는 다시 말했다.

"조만간 구주성과 세가맹의 싸움도 끝이 날 거네. 풍운회가 내려온 이상 구주성도 싸움을 오래 끌려고 하지 않겠지. 적당한 선에서 협의를 할 게야."

"중재를 하실 생각이십니까?"

"그래야지."

공천자는 당연하다는 듯 대답했다. 삼도천을 제외하고 이런 거대문파의 싸움을 중재할 수 있는 곳이 또 있을까?

아마 천지를 뒤져봐도 없을 것이다. 삼도천의 힘과 강호의 실세가 누구인지 명확하게 알려줄 수 있는 기회이기도 했다.

'한동안 이곳에 있겠다는 뜻이로군.'

추월은 공천자가 이곳을 떠나주길 바랐으나 그는 움직이지 않을 것 같았다. 당연히 그동안 자신도 이곳에 머물러야 했다.

신검록 때문에 문주를 만나야 하는데 공천자로 인해 발이 묶이자 내심 답답한 마음이 들었다.

"신검록은 어찌하실 계획이십니까?"

추월의 물음에 공천자는 신검록에 대한 고민이 많은지 술을 한 잔 마신 후 말했다.

"아직 상황 파악이 어려워. 일을 시킨 풍비 녀석도 소식이 없고…… 특별한 일이라도 있는가?"

"신구희의 행방이 묘연해서 물은 것입니다."

"풍비가 잘 처리할 것으로 믿고 있다네."

공천자의 대답에 추월은 고개를 끄덕였다.

추월은 신구희가 죽었다는 것과 장권호가 신검록에 대해 알고 있다는 사실을 공천자에게 말하지 않았다.

알려준다고 해서 달라질 것도 없지만 그가 하오문이 신검록에 욕심을 부렸다는 사실을 알게 될까 봐 두려웠다.

그 사실을 알게 되면 공천자는 절대 하오문을 그냥 둘 사람이 아니었다.

추월이 물었다.

"풍비는 믿을 수 있습니까?"

추월의 급작스러운 물음에 공천자의 미간에 주름이 잡

혔고 눈동자가 굳었다.

풍비는 공천자가 오른팔이라 생각하는 자이고, 지금까지 절대적으로 공천자에게 충성한 인물이다. 추월의 질문은 그런 풍비와 자신을 이간질하려는 수작으로밖에 안 보였다.

"그게 무슨 소린가?"

"신검록을 조사하기 위해 나갔던 제 수하가 죽었어요. 저는 개인적으로 풍비가 죽인 것이 아닌가 하는 생각이 들어서요."

"풍비가?"

공천자는 다소 어이없다는 듯 눈을 반짝였다. 하지만 그는 곧 고개를 저었다.

"설혹 그런 일이 있었다 해도 어디서나 희생은 따르는 법이지. 강호는 그런 곳 아닌가? 더욱이 신검록에 관여된 일이라면 더욱 큰 희생이 생길수도 있네. 자네는 그냥 협조만 잘 해주면 그만이네. 쓸데없는 욕심은 부리지 말게."

"예."

추월은 빠르게 대답했다.

"금 소리가 듣고 싶군."

"준비하겠습니다."

추월은 대답과 함께 밖으로 나갔다. 그녀가 나가자 공

천자는 조용히 눈을 감고 생각에 잠겼다.


*　　　　*　　　　*


강서성과 호남성의 경계에 자리한 덕정촌에 들어온 풍비는 빠른 걸음으로 마을의 후미에 자리한 허름한 집 안으로 들어갔다.

안에 들어가자 허름한 복장을 한 십여 명의 청년들과 두 명의 장년인이 편안한 자세로 쉬다 일어나 인사했다. 풍비는 고개를 끄덕여 화답했다.

청년들은 풍비가 들어오자 장년인들만 남기고 모두 밖으로 나갔다. 두 명은 삼십 대 중후반으로 보이는 장년인들로 상당히 날카로운 인상에 강한 기도를 뿌리는 인물들이었다.

삼도천의 오단 중 하나인 적혼단의 단주 노강주와 부단주 최영이었다. 최영은 날카로운 눈빛으로 노강주 옆에 서 있었다. 최영은 호리호리한 체격에 안색도 창백해 어떻게 보면 병자 같은 모습이었으나 은은하게 느껴지는 그의 기도는 칼날처럼 예리했다.

"오랜만이오."

"적혼단주도 오랜만에 뵙소이다."

풍비가 노강주를 보며 입가에 미소를 그렸다. 하지만

노강주의 표정은 그리 밝지 않았다.

노강주가 추궁하듯 말했다.

"묵혼단이 철수했다 들었소."

마찬가지로 삼도천의 오단 중 하나인 묵혼단이 임무 수행 중 철수했다는 소식은 적혼단 내에서도 상당한 화재였다. 묵혼단이 임무 중에 철수하는 일은 지금까지 한 번도 없었기 때문이다.

"아! 그 일 말이오. 어쩌다 보니 그렇게 되었소이다."

"어쩌다 보니 그렇게 될 일이 아닌 것으로 아오."

노강주의 말에 풍비는 미소를 거두었다. 노강주의 전신에서 강한 투기가 발산되었기 때문이다.

"그곳에서 장권호를 만난 일은 운이 없었던 것이오. 그자의 무공은 이미 강호십대고수와 겨루어도 손색이 없을 경지에 이르렀소. 그런 자를 눈앞에 두고 살아 돌아온 것만 해도 대단한 일 아니겠소?"

"변명이오? 지난 일은 이미 묵혼단으로부터 들었소이다."

자신을 무시하는 노강주의 말투에 풍비의 표정이 굳어졌다. 상당히 화가 난 풍비였지만 입을 열지는 않았다.

'마음에 안 들어.'

풍비는 속으로 생각하며 의자에 앉았다. 그러자 지금까지 조용히 있던 최영이 말했다.

"무이산에서 전언이 있었소. 신검록에 관한 모든 일에서 손을 떼고 복귀하라는 명령이오."

최영의 말에 풍비의 안색이 바뀌었다.

"나보고 손을 떼라고?"

풍비가 살기까지 보이며 날카로운 시선을 던지자 최영이 고개를 끄덕였다.

"위에서 내려온 명령이오."

"공천자께서 그리하라 명하신 것이오?"

"공천자께선 현재 구주성과 세가맹의 일로 바쁘신 몸이오. 명령을 내린 분은 무천자(武天子) 어르신이오."

"……!"

풍비의 눈동자가 굳어졌다. 무천자가 직접 앞으로 나서는 일은 극히 드물었기 때문이다.

"신검록에 관한 일도 적혼단에 일임하셨소이다."

최영의 설명에 풍비는 자신이 신검록의 일에서 배제되었다는 사실을 실감하며, 계획한 일에 차질이 생긴 것을 알았다.

'상권만 구하면 모든 것을 얻게 되는데…… 빌어먹을.'

무천자의 명령을 어길 수는 없기에 풍비는 속으로 욕을 하며 머리를 굴리기 시작했다. 하지만 갑작스러운 명령이었기에 생각이 정리되지 않았다.

"신검록이 누구에게 있는지 알고 임무를 맡겠다고 한

것이오?"

"네 손에 죽은 신구희는 신검록을 가지고 있지 않았던 것으로 알고 있네. 묵혼단도 그렇게 알려주더군."

슥!

노강주가 손을 들자 순식간에 적혼단 무사들이 문밖에서 살기를 보이며 집을 둘러쌌다. 또한 최영의 검이 번개처럼 풍비의 목을 겨누었고 그 옆으로 두 명의 젊은 적혼단 무사들이 허리와 어깨에 유엽도를 올려놓았다.

검이 살에 닿는 느낌은 상당히 차갑게 느껴졌고, 풍비의 기분을 더럽게 만들었다. 풍비는 미간을 찌푸렸다.

"무슨 짓이오?"

"그냥 관례라고 생각하게."

"이런, 이런. 관례라……."

풍비는 어이없다는 듯 실없는 웃음을 흘렸다.

"지금부터 묻는 말에 거짓 없이 대답해주길 바란다. 부단주, 준비해."

노강주는 풍비에게 말을 한 후 최영에게 시선을 던졌다. 그러자 최영은 마치 준비하고 있었던 것처럼 먹과 붓을 준비하더니 종이를 펼치고 붓을 움직였다.

"모두 위에 보고될 내용들이라 적는 것이네. 혹시라도 자네가 거짓을 말할까 해서 적어두는 것이니 오해는 말게나."

"오해는 무슨…… 어차피 관례인 것을……."

풍비가 알겠다는 듯 대답하자 노강주는 시선을 던져 풍비의 몸에 검을 겨누던 수하들을 물렸다.

"장권호에게 붙잡혀서 끌려갔던 자네가 아무런 부상도 없이 나타나서 그런 것이니 사실만을 말하게."

"빨리 물으시오."

풍비가 귀찮다는 듯 대답하자 노강주는 고개를 끄덕이며 물었다.

"장권호가 자네를 왜 납치했나?"

"내게 정보를 얻기 위해서 그런 것이오."

노강주는 풍비의 대답에 예상했다는 듯 눈을 반짝였다. 곧 노강주의 질문이 계속 이어졌고 풍비는 장권호와 있었던 일들을 소상히 말했다.

최영은 옆에서 빠른 손놀림으로 글을 적으며 풍비의 말을 한 마디도 놓치지 않고 글로 남겼다.

얼마의 시간이 흐른 뒤 노강주가 마지막으로 물었다.

"장권호는 신검록을 알고 있나?"

"물론이오."

풍비의 대답에 노강주와 최영의 안색이 변하였다. 그 모습을 보자 풍비는 미소를 보이며 다시 말했다.

"정확히 대답하면 신검록을 가지고 있는 게 아니라 신검록이 어디에 있는 그 위치를 정확하게 알고 있소."

"그걸 어떻게 알지?"

"내게 정보를 얻는 대가로 알려준다 하였소. 내 입장에선 신검록의 회수가 최우선이었기에 그 약속을 믿었고 삼도천에 대해 알려준 것이오. 하지만 그놈은 나와의 약속을 어기고 위치를 알려주지 않았소이다."

"그렇다면 장권호는 신검록이 어디에 있는지 알고 있다는 뜻인가?"

"그렇소."

노강주는 풍비의 대답에 고개를 끄덕였다. 곧 최영이 붓을 거두었고 풍비의 진술 내용을 적은 종이를 겹겹이 접어 소매에 넣었다. 풍비는 그 모습을 놓치지 않았다.

"장권호를 추적해야 하오."

"그럴 생각이네. 자네는 이제 무이산으로 복귀하게나."

"그럴 수는 없소이다. 임무를 완수하지 못하고 복귀하면 내 입장이 뭐가 되겠소? 더욱이 장권호는 고강한 인물이오. 묵혼단의 절반이 그자를 상대하다 무너졌소이다. 내 힘이 비록 미력하나 적혼단에 보탬이 되고자 하오. 그러니 임무를 완수하고 돌아갈 수 있게 해주시오."

"이곳에 남겠다는 것인가?"

"그렇소."

"자네에게 지휘권은 없네. 그래도 남을 텐가?"

"물론이오. 장권호만 죽일 수 있다면 다른 건 아무 상관없소이다."

풍비의 살기 어린 말에 노강주는 곰곰이 생각하다 말했다.

"일단 상부에 보고를 한 후 위에서 지시가 떨어지면 그때 함께하도록 하겠네. 만약 상부에서 허락하지 않으면 두말없이 복귀해야 하네."

"알겠소."

풍비의 대답에 노강주는 곧 최영에게 시선을 던지며 말했다.

"보고서를 작성해서 상부에 올리게."

"예."

최영이 짧고 굵은 목소리로 대답했다.

'신검록만 손에 넣으면 너희와도 안녕이다, 후후. 어차피 네놈들은 허수아비처럼 앞만 막으면 그만이다.'

풍비는 굳은 표정으로 앉아 있었지만 속으로는 신검록을 욕심내고 있었다.

*       *       *

추월과 헤어진 장권호는 호남에서 강서성으로 들어왔다.

백옥궁의 일도 마음에 걸렸지만, 그것보다 무이산으로

가는 일이 더욱 급선무였기에 그녀들과의 만남을 뒤로 미룬 것이다.

강서성으로 들어오자 대로를 따라 천천히 남창으로 올라가는 장권호였다. 그의 걸음은 자연스럽고 빨랐으며, 보폭은 꽤 오래 걸었는데도 변화가 없었다.

무엇보다 중요한 일은 삼도천이 장백파에서 일어난 일의 흉수인지 확인하는 것이다. 아직까지 그들을 흉수라고 단정 짓지는 않았지만 그럴 가능성이 높았다.

그다음 또 한 가지 처리해야 하는 일이 있다면 바로 신검록을 찾아보는 것이다.

정말 신구희의 말처럼 황산에 신검록이 있다면 그것 또한 찾아봐야 했다. 신검록에 욕심이 있는 것이 아니라, 무인으로서 가지는 순수한 호기심 때문이었다.

강서성에 들어온 지 오 일이 지난 후에야 남창성에 들어선 장권호는 성의 외각에 자리한 객잔에 방을 잡고 휴식을 취했다. 이곳에서 잠시 쉬었다가 무이산으로 갈 예정이었다.

고개를 돌려 창문을 열자 많은 사람들이 오가는 모습이 눈에 들어왔다. 그중에 장권호의 시선을 끄는 여자가 있었는데 남루한 회의에 대충 머리를 묶은 여자였다.

그녀는 호리호리한 체형에 앞머리로 얼굴의 반을 가려 얼굴을 볼 수는 없지만 상당한 내력을 지닌 인물로 보였다.

있는 듯, 없는 듯한 그녀의 기도는 일반 사람이라면 그녀가 무인이란 사실조차 느낄 수 없었다. 장권호 정도 되니까 그녀의 기도를 알아볼 수 있는 거였다.


장권호가 머무는 객잔의 정문을 지나치는 회의녀는 앞만 보고 걸었다. 그녀의 목적은 오직 남궁세가로 가는 것이었다.

남궁세가에 가면 자신이 그토록 찾고 있는 장권호에 대한 정보를 얻을 수 있다고 여겼기 때문이다.

남창성을 빠져나온 그녀는 남궁세가로 향하는 대로를 빠른 걸음으로 걸어, 해가 서산으로 기울 때쯤 남궁세가 정문에 도착했다. 그러나 막상 세가 안으로 들어가지는 못하였다. 남궁세가의 무사들이 정문을 막은 채 비켜주지 않았기 때문이다.

"어디의 누구인지 밝히시오."

"서영아라고 해요."

서영아의 대답에 남궁세가의 무사들이 미간을 찌푸리며 그 이름을 되뇌었다. 하지만 단 한 번도 들어본 적이 없는 이름이었다. 그래도 그냥 돌려보낼 수가 없었기에 그들은 예의를 다해 다시 물었다.

"미리 연락을 하고 온 것이오?"

"아니에요."

"그럼 사전에 연락도 없이 온 것이란 말이오?"

"예. 그래요."

서영아는 당연하다는 듯 대답했다. 그러자 무사들이 고개를 저으며 말했다.

"여기는 함부로 외인을 들여놓는 곳이 아니라오. 더욱이 현재 구주성 때문에 함부로 외인을 받아주지 않소이다. 그러니 돌아가서서 연락을 취해 허락을 받고 오십시오."

"물어보고 싶은 게 있어서 왔어요."

"보통 같으면 식사라도 한 끼 대접하는 게 본 세가의 예법이나 지금은 그럴 수 없소이다. 그냥 돌아가시오."

남궁세가의 무사들은 단지 지나가는 객으로만 생각한 듯 그녀의 말을 무시하며 말했다. 서영아는 다시 말했다.

"장권호라는 분이 이곳에 계시다고 해서 왔어요."

"장권호!"

장권호라는 이름에 무사들의 표정이 굳어졌다. 장권호의 명성을 모를 리 없는 그들이기 때문이다.

"장 대협은 이곳에 계시지 않소이다. 세가를 나간 지 벌써 한 달은 넘은 것 같소. 그런데 장 대협과 아는 사이였소?"

"예. 그분과 꽤 친한 사이예요."

서영아의 대답에 무사들의 안색이 밝아졌다. 장권호에 대한 인식이 상당히 좋았기 때문에 그와 아는 사이라 하자 서영아에 대한 경계를 조금 푼 것이다.

"그런데 그분은 어디로 가셨나요?"

"그건 저희도 모르겠소. 그냥 나갔다고만 들었소이다."

"그렇군요."

서영아는 무사의 대답에 조금 실망한 표정으로 고개를 끄덕이다 신형을 돌렸다. 그녀는 남궁세가에 오면 장권호와 만날 거란 생각에 설레었다.

하지만 막상 도착한 남궁세가에서도 장권호를 만나지 못하고 실망만 하게 되자 깊은 한숨을 내쉬었다. 가슴이 답답한 게 장권호를 찾는 일이 막막하게 느껴졌다.

'아무래도 다른 수를 써야겠어.'

그녀는 곧 마음을 다잡으며 자신이 잘하는 일을 해야겠다고 생각했다.

밤은 서영아에게 활기를 주었다. 그녀는 아직까지도 자기 얼굴에 흉터가 남아 있다고 생각했기에 사람이 많은 낮보다는 인적 없는 밤이 좋았다.

그녀는 유유히 밤길을 걸어 다니며 낮에 느끼지 못한 자유를 만끽하고 있었다. 그러다 그녀는 어두운 골목에서 걸어 나오는 사람들을 발견하자 재빠르게 지붕 위로 몸을 숨겼다. 그리고는 천천히 지붕을 밟고 자리를 옮겨 밝은 빛이 흘러나오는 지붕 위로 다가갔다.

문 앞에는 다부진 체구의 건장한 장한 둘이 팔짱을 낀 채 오가는 사람들을 감시하고 있었다. 안에서 들리는 사람들의 흥분한 목소리가 이곳이 도박장임을 말해주고 있었다.

서영아는 허깨비처럼 지붕 위에서 사라지더니 도박장 안쪽으로 조심스럽게 들어갔다.

일 층의 시끄러운 소리들과는 달리 이 층은 조용하면서도 긴장된 공기가 흐르고 있었다. 가운데 상을 중심으로 모여 앉은 무리들은 모두 날카로운 기운을 뿌리며 도박에 집중하고 있었다.

서영아는 도박에 집중하는 사람들을 뒤로하고 뒤쪽 건물로 이동하였다. 곧 그녀는 비둘기가 날아드는 삼 층 전각을 발견하고 조용히 그곳으로 향했다.

비둘기가 아무런 이유 없이 건물 안으로 들어갈 리 없었다. 있다면 단 하나 전서구라는 뜻이다.

안에 들어간 서영아는 사람이 보이자 재빠르게 움직였다.

퍽!

서영아는 낮은 소리와 함께 쓰러진 청년을 놔두고 방 안의 자료들을 찾아 읽기 시작했다. 그녀가 궁금한 일은 단 하나 장권호에 관한 일이었기에 인물에 대한 정보를 중심으로 읽어나갔다.

하지만 쉽게 찾지는 못하였다. 거의 대다수의 내용이 구주성과 세가맹 전쟁에 관한 내용들이었고, 그것을 제외하면 나머지는 풍운회에 대한 내용들이 다였다. 각 세력 인물들에 대한 정보는 그 내용들 사이사이에 빠짐없이 기록되어 있었다.

한참을 그렇게 정보를 뒤지다 좀 전에 막 들어온 비둘기 다리에 매달린 통이 눈에 들어왔다.

서영아는 호기심에 그 통에 담긴 전서를 빼 읽었다. 짧은 내용이었지만 서영아의 눈동자가 흔들릴 정도로 중요한 내용이었다.

**장권호 남창성 입(入).**

서영아의 신형이 번개처럼 건물을 빠져나갔다.

\*         \*         \*

아침에 눈을 뜬 장권호는 대충 짐을 챙기고 식사를 마친 후 객잔을 나와 길을 걸었다. 문득 남궁세가가 떠오르자, 장권호는 가는 길에 잠시 들려보는 것도 나쁘지는 않을 것 같다는 생각에 발걸음을 남궁세가로 향했다.

얼마 지나지 않아 남궁세가 정문에 이르자 그를 알아본 무사들이 장권호에게 인사를 했다.

"장 대협을 뵙습니다."

"또 오셨군요."

무사들의 인사에 장권호는 미소로 화답했다. 그러자 좌측의 무사가 말했다.

"어제 장 대협을 찾는 분이 계셨습니다."

"나를 말이오?"

"예. 조금 허름한 복장을 한 소저였는데 자세히는 모르겠습니다. 이름은 서영아라고 하던데 혹시 아십니까?"

"……!"

장권호는 서영아라는 이름을 듣고 매우 놀란 표정을 지었다.

"알겠소."

장권호는 가만히 고개를 끄덕이며 서영아가 강호에 나왔다는 사실을 머릿속에 각인시켰다.

'내가 전수해준 심법을 대성했다는 말인가? 그럴 리가……. 탈퇴환골하지 않는 이상 나오지 말라고 일렀거늘…….'

장권호는 서영아가 자신이 말한 대로 모습을 감춘 채 수련하지 않았다는 생각에 기분이 나빠졌다. 만나면 야단이라도 쳐야겠다는 생각이 들었다.

"안으로 모시겠습니다."

"고맙소."

무사의 안내에 장권호는 곧 객청으로 들어섰다.

얼마 지나지 않아 남궁철이 소식을 듣고 달려왔다. 그는 장권호를 보자 매우 반가운 얼굴로 인사했다.

"오랜만에 뵙소이다. 하하하!"

"반갑소이다."

남궁철의 큰 웃음에 장권호도 인사를 하며 의자에 앉았다.

"이렇게 다시 찾아오시다니, 본 세가가 그리웠나 봅니다."

"마침 지나는 길이라 한번 들려봤소이다. 남궁세가에서 먹었던 음식도 너무 입에 맞아 그냥 갈 수가 없었소이다."

장권호의 말에 남궁철은 기분이 좋은지 다시 한 번 웃었다.

"하하하! 그렇게 말해주니 기분이 좋소이다. 며칠 머물다 갈 것이라면 별채로 안내하리다."

"잠시 앉아 있다 갈 것이니 너무 신경 쓰지 마십시오. 차나 한잔 마시고 떠날 생각이었습니다."

"저런…… 이렇게 섭섭할 수가 있나. 며칠 머물면 참으로 좋을 것 같소만…… 그렇게 말씀하시니 잡을 수도 없고, 난감하오. 하하하!"

남궁철은 정말 아쉽다는 표정으로 말을 한 후 차를 내왔다. 곧 시비들이 차를 따라 주자 남궁철이 말했다.

"어디로 갈 예정이오?"

"복건성에 한번 가볼까 하오. 그곳에 볼 것이 많다 들었소이다."

"꽤 먼 길을 가야겠구려."

남궁철은 고개를 끄덕이며 복건성의 무엇이 장권호를 이끌게 했는지 생각했다. 하지만 복건성에 있는 것이라곤 철정유가 정도였다. 그 사실만 머릿속에 떠오르자 혹시라도 장권호가 유가에 몸을 의탁하려는 것은 아닌지 걱정이 되었다.

"오랜만에 봬요."

생각에 잠겨 있던 남궁철은 갑작스럽게 들린 말소리에 고개를 돌렸다. 그곳에 남궁령이 환한 미소와 함께 서 있었다. 그녀는 장권호를 보자 그 옆에 쪼르르 다가와 앉았다.

"오랜만이오."

"반가워요."

남궁령은 미소와 함께 말을 한 후 남궁철에게 시선을 던졌다. 그 시선을 모를 남궁철이 아니었다. 그는 곧 자리에서 일어났다.

"할 일이 생각보다 많아 이만 일어나야겠소. 남은 볼일 좀 보고 오리다."

"그렇게 하십시오."

장권호의 인사에 남궁철은 남궁령에게 시선을 한 번 던진 후 미소와 함께 밖으로 나갔다. 그가 나가자 남궁령이 물었다.

"다시 오실 줄은 몰랐어요."

"지나는 길에 들른 것뿐이오."

장권호의 대답에 남궁령은 곧 자리에서 일어섰다.

"산책 가실래요?"

"산책?"

장권호가 시선을 던지자 남궁령은 미소를 보이며 고개를 끄덕였다.


남궁세가의 넓은 정원을 걷는 두 사람은 멀리서 보면 연인처럼 보였다.

장권호의 옆에 붙어 걷는 남궁령은 기분이 묘하게 좋고 가슴이 크게 뛰는 것을 알아챘다. 하지만 애써 그런 감정을 티 나지 않게 억눌렀다.

"다른 분들은 모두 떠난 모양이오?"

"네. 각자 집으로 떠났어요."

남궁령은 방해꾼들이 사라졌다는 사실을 기분 좋은 목소리로 대답해줬다. 이렇게 오붓하게 시간을 보내는 것도 즐거운 일이지만 단둘이 있다는 사실 자체만으로도 기분이 좋았다.

"싸움은 어떻게 진행되고 있소?"

"일진일퇴(一進一退)의 공방전이 계속되고 있다 들었어요. 며칠 전에는 풍운회주와 구주성주가 대결을 펼쳤는데 반 시진에 걸쳐 계속 싸웠다고 하네요. 둘 다 승부를 내지는 못했지만 둘의 대결이 현재 세인들의 관심사예요. 다시 한 번 만나면 누가 이길지 내기하는 사람들도 많다고 하네요."

그녀의 말에 장권호는 호기심이 생겼다. 풍운회주의 무공도 궁금했지만 구주성주의 무공 또한 궁금했기 때문이다.

"무엇보다 이 시대를 이끌고 있는 두 젊은 강호의 기둥들의 싸움이니 관심이 갈 수밖에요."

그렇게 말한 남궁령은 장권호가 옆에 있다는 것을 의식한 듯 다시 말했다.

"물론 장 소협도 그 두 사람에게 결코 뒤지지 않는 대단한 분이시라고 생각해요."

"고맙소."

남궁령의 말이 자신을 생각해서 한 말임을 잘 알기에

가볍게 미소만 보였다. 남궁령이 다시 말했다.

"세가맹과 구주성의 싸움은 의미가 없는 싸움이에요. 그저 화아만 불쌍할 뿐이에요."

남궁령의 말에 장권호는 궁금한 표정을 보였다. 그녀가 어떤 말을 하는지 그 의도를 제대로 파악하지 못했기 때문이다.

남궁령은 이번 싸움의 발단이 모용화라는 것에서 매우 불쾌한 감정을 가지고 있었다. 그저 싸움의 핑계로 그녀를 이용했다는 점이 마음에 안 들었다.

어차피 모용화가 없었더라도 벌어질 전쟁이었다.

명분을 찾지 못해 미적거렸을 뿐, 만약 모용화가 없었다면 다른 명분을 만들어서라도 전쟁은 일어났을 것이다.

남궁령은 이번 전쟁이 아무런 이유 없이 그저 서로 죽이고 싶어 일어난 것뿐이라고 생각했다.

장권호의 시선을 느낀 남궁령은 곧 고개를 저으며 말했다.

"아무것도 아니에요. 신경 쓰지 마세요."

남궁령은 잠시 침묵하다 호숫가로 접어들자 다시 말했다.

"언제 싸움이 끝날지…… 하루라도 빨리 이 싸움이 끝났으면 좋겠어요."

그녀의 낮은 목소리에 많은 감정이 담겨 있었다. 그 속을 들여다보니, 식구들이 싸우러 나가서 다치고 있다는 슬픔과 자신이 알던 사람이 죽을지도 모른다는 불안감이 보였다.

둘은 잠시 입을 닫은 채 길을 걷다 맞은편에서 다가오는 남궁정의 모습에 남궁령은 살짝 미간을 찌푸렸다. 그녀가 생각지 못했던 방해꾼이 나타났기 때문이다.

"오랜만입니다."

"반갑네."

장권호는 남궁정의 모습에 반갑게 인사했다. 오랜만에 보는 남궁정은 전과는 다르게 상당히 자신감이 가득한 표정이었고, 좀 더 사내답게 변한 것 같았다. 그의 기도는 전과는 달리 투박하면서도 거친 느낌을 주었다.

잠시 안 본 사이에 고된 수련을 한 게 분명했다.

"실례가 안 된다면 다시 한 번 가르침을 받고 싶습니다."

"그래서 찾아온 것인가?"

"그렇습니다."

"알았네."

장권호는 대답과 함께 자리를 옮겼다. 남궁정의 실력이 얼마나 늘었을지 내심 기대됐다.


땅!

검과 검이 부딪치는 금속음이 작은 공터에 울렸다. 그들이 대련을 벌이는 곳부터 바람이 일어나 주변을 맴돌았다. 묵도를 손에 쥔 장권호는 거친 호흡과 함께 서 있는 남궁정을 가만히 응시했다.

남궁정은 중보를 밟아 무게의 중심을 하체에 두더니 빠르게 앞으로 나서며 초식을 펼쳤다. 남궁세가의 절기인 철검십이식의 철정무한(鐵釘無限)이었다.

휘리릭!

검신의 그림자가 마치 나비처럼 나풀거리듯 움직이며 장권호의 눈을 현혹시켰다. 하지만 장권호는 조금도 움직이지 않은 채 다가오는 검의 그림자를 노려보았다.

남궁정이 만든 검의 그림자가 어느 순간 장권호의 코앞까지 다가오더니 삽시간에 사라졌다. 그리고 회색빛 점 하나가 마치 번개처럼 장권호의 육체를 관통할 듯 날아들었다.

그제야 장권호의 팔이 아주 살짝 움직였다.

땅!

"큭!"

뒤로 물러서는 남궁정의 표정은 그리 밝지 않았다. 검을 쥐고 있는 손에 아주 잠시지만 힘이 빠져나가는 느낌이 들었다. 마치 팔 전체가 마비되는 듯한 감각에 재빠르게 내력을 끌어 올려 진정시켰다.

도대체 장권호는 어떤 무공을 익혔기에 부딪치는 것만으로도 이런 고통을 느끼게 하는지 궁금했다.

그의 호신강기는 특별해 보였고, 무공은 대단해 보였다. 장권호가 굳은 표정으로 서 있는 남궁정을 향해 말했다.

"생각보다 좋아 보이네."

장권호는 묵도를 들어 좌우로 돌리더니 곧 검을 늘어뜨렸다. 그는 여전히 그 자리에 부동자세로 서 있었고 움직임이 없었다. 언제든지 오라는 뜻과 다 받아주겠다는 말을 행동으로 대신하였다.

그것을 모를 남궁정이 아니었다. 벌써 십여 합이나 그의 검과 부딪쳐 검초가 깨지는 경험을 해야 했다. 다시 한 번 한다고 해서 달라질 것은 없었다.

직접 겪고 있는 남궁정이 모를 리 없으나 그만두고 싶지 않았다. 그것은 자존심이었다.

깊은 호흡과 함께 어느 정도 안정을 찾은 남궁정은 다시 한 번 내력을 끌어 올려 장권호를 공격하려 하였다. 그때 장권호의 기도가 삽시간에 강한 투기로 바뀌더니 남궁정의 전신을 관통하였다.

남궁정은 아주 짧은 순간 거대한 무언가가 자신을 지나쳐갔음을 느꼈다. 그제야 자신이 아직 멀었다는 것을 깨달았다.

"다음에 다시 오겠소."

남궁정은 검을 거두더니 곧 신형을 돌렸다. 그 모습을
보며 장권호는 저도 모르게 중얼거렸다.

"장백산까지 찾아올 놈이로군."

장권호는 문득 남궁정이 귀찮게 느껴졌다.

제4장

과거는 돌아온다

"크악!"

"죽여라!"

넓은 평원엔 수많은 사람이 마치 개떼처럼 뒤엉켜 아비규환(阿鼻叫喚)의 지옥을 만들고 있었다.

퍽! 서걱!

살이 베이고 뼈가 잘리는 타육음과 비명이 어우러진 평원엔 선도 악도 없이 삶과 죽음의 경계만이 있을 뿐이었다.

평화로울 때, 피를 나눈 형제가 누군가에게 죽임을 당한다면 분명 누구나 분노할 것이다. 또한 그 흉수(兇手)가 누구인지 기필코 찾아내 복수하려는 마음이 간절히 생기게 된다.

하지만 이런 전쟁에서 그런 마음이 남을 여력이 있을
까? 복수라는 마음보다 어떻게 해서라도 살아남아야 한
다는 마음이 더 앞서기 마련이다.

"물러선다!"

둥! 둥! 둥! 둥!

강한 외침과 함께 북소리가 울리자 사람들이 남과 북으
로 갈라지더니 마치 썰물처럼 물러섰다.

그 가운데 가장 마지막까지 상대를 노려보던 두 사람이
있었는데 둘 다 비슷한 연배의 청년들로 이십 대 중후반
으로 보였다.

둘은 잠시 서로 노려보다 누가 먼저랄 것도 없이 신형
을 돌렸다. 흑색 피풍의를 두른 두 청년은 양 진영으로 갈
라져 상대에게서 멀어져갔다.


모용세가로 복귀한 세가맹과 풍운회의 사람들은 사방
으로 흩어져 휴식을 취했다. 그중 간부들만이 중앙의 대
회의장에 모여 앉았다.

가장 상석에는 세가맹의 맹주인 남궁호성이, 좌우로는
풍운회주인 조천천과 모용세가의 가주인 모용형이 앉아
있었다.

"얼굴에 상흔이 있소."

모용형의 말에 조천천이 왼 볼을 쓰다듬다 피가 묻어
나오자 손으로 비비며 미소를 보였다.

"구주성주의 풍마도법이 생각보다 날카롭더이다."

그의 아무렇지도 않은 말에 모두 고개를 끄덕였다. 풍
운회주의 무공이 상상 이상으로 강했다는 것과 구주성주
를 막는 데 일조한 그의 무공을 좌중의 고수들 모두 알고
있었기 때문이다.

그리고 이곳에서 녹사랑을 막을 수 있는 사람은 조천천
과 남궁호성뿐이었다. 그것을 잘 알기에 조천천의 상처를
비웃는 사람은 아무도 없었다.

"피해 상황은 어떻게 되오?"

"아직 파악 중에 있습니다."

"저희도 파악 중입니다."

풍운회의 머리인 자청운과 세가맹의 머리인 모용욱이
대답했다. 또 한 명의 머리인 제갈현은 모용욱과 함께 서
있었다.

남궁호성이 제갈현과 모용욱에게 시선을 던지며 물었
다.

"특단의 조치가 필요할 것 같은데 자네들의 생각은 어
떤가?"

"구주성의 칠 할에 해당하는 전력이 나온 이상 쉽게 이
기기는 어렵습니다. 하지만 조만간 결착이 날 것입니다.

더욱이 풍운회의 자 총관님도 오신 이상 좋은 계책이 나올 것입니다."

자청운은 모용욱의 말에 수염을 쓰다듬으며 가만히 미소를 보였다. 아무리 좋은 계책이 있다 하더라도 일단 세가맹의 모용욱과 제갈현과 상의를 해야 했다.

문제는 세 명이 앉아 상의하는 상황에 있었다. 셋 다 머리가 좋으면서 지기 싫어하는 성격들이라 이렇다 할 결론에 도달하지 못하고 있는 상태였다.

좌중의 분위기는 이번 대전(大戰)의 무용담 쪽으로 흘러가고 있었으며, 남궁호성은 깊은 생각에 잠긴 듯 눈을 감고 있었다.

다다닥!

급한 발소리가 대회의장 밖에서부터 들려오더니 곧 빠른 걸음으로 회의장에 들어온 모용세가의 무사가 다급하게 모용형의 곁으로 다가갔다.

"무슨 일이냐?"

모용형이 회의장에 들어온 무사의 모습에 미간을 찌푸리며 물었다. 다른 세가의 사람들도 있는데 추태를 부린다고 생각한 것이다.

"실례인 줄 아오나 급한 일 때문에 들어왔습니다."

"어서 말하라."

모용형의 말에 무사가 모용형 바로 옆으로 다가가 낮은

목소리로 말했다.

"화 아가씨께서 세가를 빠져나가신 듯합니다."

"······!"

모용형은 크게 놀라 자리에서 벌떡 일어섰다.

"그게 무슨 소리냐?"

"아가씨께서 세가를 나가신 듯합니다."

"찾아보았느냐?"

"지금 세가를 이 잡듯이 뒤지고 있으나 아가씨의 모습은 어디에도 보이지 않습니다."

"이런!"

모용형은 저도 모르게 밖으로 뛰어나갔다.

"저런!"

"어떻게 이런 일이······ 허!"

작게 말했다고는 하나, 둘의 대화를 못 들은 사람은 아무도 없었다. 좌중 사람들도 매우 놀란 표정으로 자리에서 일어섰다. 남궁호성은 굳은 표정으로 자리에서 일어나 모용형의 뒤를 따랐다.

사람들이 나가는 모습을 뒤에서 지켜보던 조천천이 자청운에게 물었다.

"모용 소저가 어디로 간 것 같은가?"

"저도 어디로 갔는지 도저히 예측할 수 없습니다. 설마······ 구주성 쪽이 납치하지는 않았겠지요?"

"그럴지도 모르지."

조천천은 나지막이 중얼거리며 자리에서 일어섰다. 이곳에 더 이상 앉아 있을 이유가 없기 때문이다.

*　　　*　　　*

광서와 호남의 경계에 자리한 종강의 중상류엔 드넓은 평야가 있었고 그곳엔 수백 개의 간이 막사가 쳐 있었다.

그 사이로 많은 무사들이 오가고 있었으며 하늘 높이 밥 짓는 흰 연기가 피어나고 있었다.

수백 개의 막사 중앙에 자리한 거대한 천막에는 십여 명의 남녀가 모여 있었다. 그들은 모두 굳은 표정이었고 하나같이 피에 젖은 얼굴들이었다. 그 가운데 상석에는 구주성의 성주인 녹사랑이 앉아 있었다.

그는 상당히 지친 표정이었으나 눈빛만큼은 먹잇감을 노리는 맹수처럼 타오르고 있었다. 여전히 그의 기도는 거셌으며 투기는 처음과 달리 더욱 사납게 변한 상태였다.

"볼에 상처가 나셨습니다."

옆에 서 있던 신마정이 말을 하자 녹사랑은 볼에 난 상처를 만진 후 피 묻은 손을 비볐다.

"풍운회주의 유성도법(流星刀法)이 생각보다 따가웠던 모양이오. 후후……."

녹사랑은 낮은 목소리로 웃음을 흘린 뒤 좌중을 둘러보았다. 모두 굳은 표정이었고 싸움에 지친 모습이었다. 하지만 눈빛만큼은 여전히 살아 있었다.

"상황을 보고하시오."

녹사랑의 말에 우측에 서 있던 녹사랑의 오른팔이자 삼원 중 태정원주인 천연성이 입을 열었다.

"사망자만 이백삼 명이며 중상자가 사백오십칠 명이고 경상자가 천이백삼십 명입니다."

그의 입에서 피해상황에 대한 보고를 듣던 녹사랑과 주변 간부들의 표정은 굳어졌다. 너무 많은 수하들이 죽었기 때문이다. 천연성의 보고는 계속 이어졌고 좌중 분위기는 무겁게 가라앉았다.

천연성의 보고가 어떤 내용인지 관심도 없는 녹사랑은 그저 한 귀로 흘렸다. 지금 그의 머리엔 조천천의 유성도법이 가득 차 있었다.

"중상자들은 모두 돌려보내도록 해."

"그렇게 하겠습니다."

천연성의 대답에 녹사랑은 그저 담담한 표정으로 고개를 끄덕였다. 어차피 중상자들은 이곳에 있어봤자 짐만 될 뿐이다. 일찍 돌려보내 치료를 하는 것이 더욱 이득이었다.

"부상자들은 대독문도들이 치료 중인가?"

"그렇습니다. 성에서 나온 의원들만으로는 턱없이 부족하기 때문에 대독문의 힘을 빌려 치료하고 있습니다."

천연성은 고개를 끄덕이며 대답했다. 독을 다루는 대독문은 의술에도 조예가 깊기 때문에 그들의 존재가 있다는 사실이 든든했다.

"성주님."

막사 밖에서 수하가 큰 목소리로 말하자 사람들의 시선이 밖으로 향했다.

"손님이 오셨습니다."

"손님?"

"자신을 모용화라고 말한 손님입니다. 어찌할까요?"

수하의 말에 사람들의 안색이 급변했다. 녹사랑도 매우 놀란 표정으로 눈을 크게 뜨곤 자리에서 일어섰다. 예상치 못한 손님이 나타났기 때문이다.

"모셔라."

녹사랑의 말에 수하는 대답과 함께 물러섰다. 곧 면사를 쓴 모용화가 모습을 보이자 막사 안에 화사한 꽃향기가 맴돌았다.

천연성과 신마정은 눈을 마주치며 고개를 끄덕이곤 곧 자리를 피했다. 그 둘이 나가자 자연스럽게 나머지 간부들도 막사를 빠져나갔다.

"앉으시오."

녹사랑의 권유에 모용화는 의자에 앉은 후 면사를 벗었다. 그러자 그녀의 화사한 꽃봉오리 같은 얼굴이 드러났다. 녹사랑은 저도 모르게 지금까지의 모든 분노가 가라앉는 듯한 기분을 느껴야 했다. 그저 그녀가 앞에 있다는 이유만으로 가슴이 진정되고 마음이 안정되었다.

"무모한 짓은 왜 했소?"

"무모한 짓이라니요?"

모용화가 두 눈을 크게 뜨자 녹사랑은 답답하다는 듯 말했다.

"사지에 그냥 뛰어든 꼴이 아니고 무엇이오? 수하들이 소저를 죽이기라도 했다면 어찌하려고 그런 것이오?"

"죽지 않았잖아요."

모용화가 살며시 미소를 보이자 녹사랑은 짧은 숨을 내쉬며 다시 말했다.

"천운이 따른 것뿐이오. 이렇게 왔으니 망정이지······. 운이 없었다면 소저는 천 갈래 만 갈래 찢어졌을 것이오."

"죄송해요."

녹사랑이 진심으로 자신을 걱정했다는 사실을 알게 되자 모용화는 그 마음이 고맙게 느껴졌다. 녹사랑은 자신이 조금 심한 말을 했다고 생각했는지 짧은 숨을 다시 한 번 내쉰 후 물었다.

"다친 곳은 없소?"

"다행히 없어요. 단지 이곳으로 오는 동안 너무 많은 죽음을 봐서 그런지 마음이 불편하네요."

모용화는 말을 한 후 슬픈 표정을 지었다. 자신이 감당하기에는 너무 많은 사람들이 죽었기 때문이다.

녹사랑은 모용화의 말에 특별히 해줄 말이 떠오르지 않아 침묵했다. 모용화가 다시 말했다.

"이 싸움을 멈출 수는 없나요?"

모용화의 물음에 녹사랑의 표정이 굳어졌다. 자신을 바라보는 모용화의 투명한 눈동자에는 진정으로 싸움을 멈추고 싶어 하는 순수한 열망이 담겨 있었다. 아니, 그것을 갈망하는 사람처럼 보였다.

"저로 인해 일어난 일이에요. 제 손으로 끝을 내고 싶어요."

"끝을 내겠다고 하였소?"

모용화는 입술을 깨물며 고개를 끄덕였다. 그 모습에 녹사랑이 굳은 표정으로 다시 말했다.

"죽기라도 하겠다는 것이오?"

"그렇게 해서 이 싸움이 멈춘다면 그렇게 할 생각이에요."

모용화는 정말 자결이라도 할 사람처럼 대답했다. 녹사랑은 고개를 저으며 말했다.

146 무적명

"어리석은 행동은 하지 마시오. 이 싸움은 애초에 소저 때문에 일어난 싸움이 아니오. 누누이 말하지만 소저와의 혼인은 그저 핑계일 뿐이오. 오랫동안 반복된 원한이 만든 싸움이오. 소저가 나선다고 해결되지 않소. 그냥 돌아가시오."

"그럴 수는 없어요. 이대로 돌아가면 저는 그냥 죽은 사람이에요. 평생 죄책감에 시달리며 살겠지요. 죽은 우리 세가의 사람들도 저를 원망할 거예요. 제가 태어나지 않았다면, 저라는 존재가 없었다면 과연 녹 공자는 이렇게 싸웠을까요? 저라는 핑계가 없었다면 이런 싸움이 일어났을까요?"

모용화의 말에 녹사랑은 미간을 찌푸리며 표정을 굳혔다. 그는 가만히 모용화를 바라보며 주먹을 쥐었다.

"소저가 없었어도 세가맹과 우리는 싸웠을 것이오. 다른 핑계를 만들어서라도 싸웠겠지. 그러니 자책하지 마시오."

녹사랑의 말에 모용화는 입을 닫았다. 그녀는 곧 깊은 상실감에 젖은 눈동자로 시선을 돌려 허공을 바라보았다. 녹사랑도 모용화의 얼굴을 볼 수 없었기에 고개를 돌렸다.

녹사랑은 이런 자리에 모용화는 어울리지 않다고 생각했다.

"그만 돌아가시오."

녹사랑의 말에 모용화는 입술을 깨물다 곧 녹사랑을 바라보며 말했다.

"녹 공자를 좋아해요."

녹사랑은 잠시 모용화의 말이 어떤 의미인지 깨닫기 위해 노력해야 했다. 그런 모습이 고스란히 얼굴에 나타났다.

곧 녹사랑이 모용화가 자신에게 한 말의 의미를 이해하자, 그의 표정은 놀라움으로 가득 찼다.

모용화가 다시 말했다.

"저도 이해가 안 가요. 몇 번 만난 적도 없는데 왜 이러는지."

모용화의 반짝이는 눈동자를 바라보던 녹사랑은 곧 고개를 돌렸다. 그녀의 얼굴을 도저히 그냥 볼 수 없었기 때문이다.

모용화가 결심한 얼굴로 다시 말했다.

"구주성에 가겠어요."

"……!"

녹사랑이 매우 놀란 표정으로 모용화를 쳐다보았다.

\*       \*       \*

추월이 머무는 홍루의 별채에는 여전히 공천자가 쉬고 있었다. 그는 편안한 얼굴로 여유롭게 가을 하늘을 바라보며 시간을 보내고 있었고 그의 주변은 평온하기만 했다.

오후의 편안한 시간을 보내던 공천자는 산보를 마치고 방 안으로 들어왔다. 그러자 기다렸다는 듯이 양청이 모습을 보였다.

"청입니다."

공천자는 자신의 오른팔인 양청을 보자 미소를 그렸다. 오랜만에 보는 얼굴이었기 때문이다.

"앉거라."

"예."

양청은 공천자의 말에 곧 맞은편에 앉았다.

"풍운일대와 귀혼단과 청혼단이 삼 일 후 장사성에 도착할 예정입니다."

양청의 말에 공천자는 기분 좋은 미소를 입가에 걸었다. 삼도천의 절반에 해당하는 막강한 전력이 지금 이곳으로 오고 있는 중이었기 때문이다.

"이 전력이라면 구주성도 협상을 하겠지."

"그럴 것입니다. 풍운회를 비롯해 저희 삼도천까지 함께한다면 구주성은 필히 물러설 것입니다."

"그렇겠지……. 우리가 나선다는 것은 곧 전 강호가 나섰다는 뜻이니, 아무리 구주성이라 해도 전 강호를 상대로 싸움을 할 수는 없을 게야."

공천자는 수염을 쓰다듬으며 고개를 끄덕였다.

이번 일로 구주성과 풍운회를 비롯해 세가맹에게 그들의 우위에 확실하게 삼도천이 있다는 것을 알려줄 필요가 있었다.

"우리가 할 일은 중재이니 쓸데없는 싸움은 피한다고 전하거라. 어차피 싸우기 위해 풍운일대와 이단을 부른 것은 아니니 말이야."

"잘 알겠습니다."

앞서 말한 것처럼 공천자는 무력시위를 하기 위해 삼도천의 고수들을 부른 것이다. 일천의 정예와 최고의 고수들로 이루어진 귀혼단과 청혼단은 필히 그들에게 큰 압박을 줄 수 있을 것이다.

"구주성과 세가맹에 알리거라. 이 이상 싸움이 길어지면 삼도천도 더 이상은 그냥 두고 볼 수 없다고 말이야."

"조치를 취하겠습니다."

양청은 대답 후 공천자가 나가라는 눈짓을 주자 주저 없이 인사를 한 후 모습을 감추었다.

"이제 중재만 하면 되는 것인가……."

공천자는 편안한 마음으로 중재에 나설 시기만 정하고 있었다. 하지만 그는 모용화가 녹사랑이 만났을 것이라는 선택지는 꿈에도 생각지 못하였다. 그것이 변수가 될 것이란 사실도.

*        *        *

아침에 사라진 모용화는 해가 지고 나서야 모용세가로 돌아왔다. 그녀가 돌아왔다는 사실에 모용세가는 다시 한 번 들썩거렸지만 그녀가 무사하다는 것을 다행으로 여겼다.

또한 그녀의 무단가출로 그녀가 이번 일로 상당한 중압감을 느끼고 있다는 사실을 다른 사람들이 모두 알게 되었다.

이유가 어찌 되었든 구주성이 처음에 내세운 명분이 그녀와의 혼약이었기 때문이다. 모용화는 자신 때문에 많은 사람들이 죽었다는 사실에 슬퍼하고 있었다.

모용화가 돌아간 그날 밤 녹사랑은 홀로 막사에 앉아 있었다. 막사의 입구에는 녹사랑을 걱정하는 천연성과 조반옥이 서성였고 신마정이 그 옆에 서서 근심스러운 표정으로 이마에 주름을 그렸다.

녹사랑을 제외한 구주성 최고간부 세 사람이 함께 모여 있는 경우는 드물었으나, 오늘은 뜻밖의 일이 일어났고 그 이후 녹사랑이 막사에 칩거하자 모두 함께하게 됐다.

"어떻게 될 거 같아요?"

조반옥이 천연성에게 시선을 던지자 천연성은 턱을 어루만지며 고민스러운 표정을 보였다. 그들은 밖에서 모용화와 녹사랑의 대화를 모두 들었기에 고민하고 있었다.

조반옥의 물음에 천연성은 곧 입을 열었다.

"모용 소저의 급작스러운 방문 때문에 성주님의 마음에 동요가 생길지도 모릅니다. 이 기회에 뿌리째 성주님의 정적들을 없애야 하는데 쉽지가 않군요."

천연성이 낮은 목소리로 중얼거리자 신마정과 조반옥이 고개를 끄덕였다. 그의 말처럼 이번 기회에 녹사랑을 반대했던 적대세력을 모두 없애야 했다. 하지만 모용화의 방문으로 녹사랑은 지금 흔들리고 있었다.

"그것보다 중요한 것은 성주님의 마음이 아닐까요? 성주님께선 모용 소저를 어떻게 생각하고 계신가요?"

조반옥의 물음에 신마정이 흥미로운 표정으로 천연성을 바라보았다. 천연성은 두 사람의 시선에 부담감을 느끼며 짧은 숨을 내쉬었다.

"제가 성주님이 아닌 이상 마음까지 읽을 수야 없지요. 하나 지금의 모습을 볼 때 분명 모용 소저가 성주님의 마음이 들어와 있는 것 같소이다."

"그렇군요."

조반옥은 그 말에 눈을 반짝였다.

"성주님도 혼인을 해야 할 나이가 지난 것이 사실이지요. 성을 단단히 다지기 위해선 안주인 역시 존재해야 해요. 이는 당연한 사실이지만…… 그 자리에 모용가의 여식이라……. 어울리지 않네요."

조반옥의 솔직하면서도 현 상황을 한 번에 정리한 말에 천연성은 고민에 빠졌다. 그녀의 말처럼 구주성이 안정을 찾기 위해선 안주인이 필요했다. 또한 그 자리는 구주성의 안정과 단합을 이어줄 구심점이기도 했다. 대독문이나 다른 여타 거대문파들과 혼인을 맺으면, 피로 이어진 가족이란 사실에 더 큰 단결력을 가질 수 있게 된다.

구주성을 위해서라도 혼인은 필수불가결이었다. 하지만 그 대상으로 모용세가는 아니었다.

"만약 성주님이 모용 소저와 혼인을 하겠다면 어쩔 것이오?"

천연성의 물음에 조반옥과 신마정은 서로 얼굴을 바라보다 대답했다.

"저는 상관없어요. 어차피 성주님께 충성을 다할 것이기 때문에 그 안주인이 누가 되었든 저 하고는 상관없는 일이에요. 성주님이 결정하시는 대로 따를 생각이에요."

조반옥은 당연하다는 듯 대답했다. 그녀의 대답에 천연성은 녹사랑이 그녀를 선택한 것이 옳았다고 생각했다.

시선을 신마정에게 돌리자 신마정은 한참 동안 생각하는 듯 보였다. 그는 곧 이마에 주름을 그리며 입을 열었다.

"성주님의 입장에서 부인을 한 명만 둘 수도 없을 테니……. 모용세가와 연을 맺는다 해서 나쁠 건 없겠지. 하지만 한 명만 둔다면 문제가 생길 것이네."

신마정의 말에 천연성은 이해한다는 듯 고개를 끄덕였다. 가장 먼저 화를 낼 곳은 다른 곳이 아니라 대독문이 될 게 분명했다. 이미 사대열은 자신의 딸과 녹사랑의 혼인이 기정사실이라고 여겼기 때문이다.

"목소리 다 들리오."

천막 안에서 크게 울리는 목소리에 셋은 순간 안색을 바꾸며 입을 닫았다.

"들어오시오."

녹사랑의 말에 셋은 조용히 안으로 들어갔다.

삼원의 원주들이 모두 들어오자 녹사랑은 그들을 둘러보다 곧 입을 열었다.

"지금까지 구주성의 역사에서 어떤 성주가 정파의 명문이라 자처하는 세가의 여자를 아내로 맞이했었던가, 없었지?"

그의 물음에 모두 고개를 끄덕였다. 그들 역시 지금까지 그러한 이야기는 들어본 적 없었기 때문이다.

"그럼 내가 처음이겠군."

"……!"

"성주님."

순간 세 사람의 안색이 삽시간에 바뀌었다. 천연성은 매우 놀란 표정으로 녹사랑을 불렀고 조반옥과 신마정은 입을 크게 벌린 채 바라보았다.

"반대가 심할 것입니다. 또한 내분이 일어날지도 모릅니다. 거기다 세가맹이라면 이를 가는 무리들이 그녀를 명분으로 내세울 것입니다. 이는 평생 성주님을 따라다닐 것입니다."

"그 일은 자네가 알아서 처리해야 할 일이라고 생각하네."

녹사랑의 말에 천연성은 일순 할 말을 잃은 표정으로 자신의 주군을 쳐다보았다.

"자네가 막아야지. 아니, 그런 일이 일어나지 않도록 해야 하지 않겠나?"

"예. 알겠습니다."

천연성은 확고한 녹사랑의 말에 허리를 숙였다. 녹사랑이 이미 마음속으로 결정한 일에 다른 어떤 말을 하더라도 바뀌지 않을 거란 사실을 그는 알고 있었다.

그러한 사실을 조반옥과 신마정도 알고 있었다. 예상치 못한 녹사랑의 말에 잠시 혼란스러웠던 그들이지만 곧 정신을 차리고 녹사랑의 뜻을 이해했다.

"한 가지만 물어도 될까요?"

조반옥의 말에 녹사랑이 고개를 끄덕였다.

"물어보시오."

"성주님이 아닌 남자로서 그녀를 사랑하십니까?"

녹사랑은 조반옥의 물음에 깊은 숨을 들이 마신 후 고개를 끄덕였다.

"그래."

"음……."

침음성이 천막 안을 울렸다. 녹사랑이 다시 말했다.

"나도 신기한 기분이오. 그녀를 만난 시간은 아주 짧은, 그저 우리가 평생 사는 동안 잠깐 스치는 정도에 불과했소. 그런데 사랑이라니, 재미있지 않소?"

녹사랑의 말에 조반옥은 곧 미소를 보이며 허리를 숙였다.

"성주님의 마음이 그러하다면 저는 말릴 생각이 없어요. 아주 짧은 만남이라도 깊은 감정이 생기기도 하지만, 오랫동안 함께해도 그러한 감정이 생기지 않는 사이도 있지요. 제가 볼 때 모용 소저는 성주님과 인연이 닿은 듯합니다."

"고맙소."

조반옥의 말에 녹사랑은 밝게 대답한 후 시선을 돌려 신마정을 바라보았다. 신마정은 고뇌하는 표정을 보이다 입을 열었다.

"성주님의 뜻에 따를 것입니다."

"고맙소."

녹사랑은 신마정의 말에 매우 기분 좋은 표정으로 자리에서 일어섰다. 곧 그는 다시 말했다.

"지금부터 성으로 철수하겠소. 모두 철수 준비를 서두르시오."

"예."

"나는 모용 소저를 데려올 생각이오."

"예?"

대답을 하던 세 사람이 동시에 다시 놀란 표정으로 고개를 들었다.

"그들에게 가서 정식으로 데려올 수도 없는 일이 아니오? 거기다 그녀는 이곳에 홀로 왔소이다. 오직 나를 만나기 위해, 나 하나를 위해 그녀는 목숨을 걸고 온 것이오. 그렇다면 나도 그래야 할 것 아니겠소? 그게 사내대장부가 해야 할 일이라고 생각하오."

"성주님!"

"말도 안 됩니다. 혼자 모용세가로 가시겠다는 것입니까?"

조반옥과 천연성이 화들짝 놀라 크게 말했다. 녹사랑은 그들의 말에 손을 들어 막으며 다시 말했다.

"혼자 갈 것이오."

확고한 그의 말에 모두 대경실색하며 녹사랑을 말렸다. 한동안 녹사랑과 삼원의 원주들이 떠드는 소리가 천막 안에서 크게 울렸다.


새벽이 오는 하늘은 검푸른 색을 띠고 있었다. 매일매일 눈을 뜨고 살고는 있지만 이렇게 새벽까지 잠을 안 자고 뜬눈으로 밤을 보낸 기억은 거의 없었다.

밀려오는 공기 속에서 축축한 느낌이 드는 것으로 보아 곧 비가 올지도 모른다는 생각을 하였다. 시비들도 잠든 깊은 밤이었고 주변의 소리는 이른 아침을 알리는 새들의 노랫소리가 전부였다.

'마지막이 되겠지?'

창가에 서서 창밖을 바라보는 모용화의 눈동자엔 짙은 수심이 가득 찼다. 하지만 이미 결심한 마음을 다시 바꾸고 싶다는 생각은 들지 않았다.

어차피 가야 한다면 최대한 빨리 가고 싶었다.

"불효자식을 용서하실까?"

모용화의 머릿속엔 자신과 함께했던 사람들과 가족들의 얼굴이 그려지고 있었다. 그 속에서 가장 오랫동안 자리를 잡고 떠나지 않는 얼굴은 아버지의 얼굴이었다.

'용서하지 않으시지……'

모용화는 고개를 저으며 고뇌와 슬픔이 담긴 깊은 숨을 내쉬었다. 그때 '휘이잉!' 거리는 바람 소리와 함께 사람의 그림자가 담을 넘어 그녀의 방으로 들어왔다.

모용화는 이 이른 시간에 찾아온 불청객이 누구인지 알고 있다는 듯 차분한 표정으로 들어오는 청년을 바라보았다.

녹사랑의 모습이 완전하게 눈앞에 나타나자 모용화의 눈동자가 흔들렸다. 이미 마음의 결정을 내렸다고는 하지만 눈앞에 정말 녹사랑이 나타나자 자신도 모르게 마음이 흔들린 것이다.

"왔소."

녹사랑의 낮은 목소리가 방 안에 울렸다. 모용화는 고개를 숙였고 그녀의 어깨가 미미하게 흔들리기 시작했다.

녹사랑은 그녀의 그런 모습에 자신도 모르게 입술을 깨물었다. 그녀의 모습에서 어머니의 죽음이 떠올랐기 때문이다. 뼈가 깎이고 피를 토하는 고통을 느껴본 그였다. 아마 자신의 마음처럼 모용화의 마음도 그러하지 않을까?

문득 그런 생각이 들었다.

"혼자 왔소."

녹사랑은 애써 태연한 척 미소를 보였다. 그의 말에 모용화는 고개를 들었다. 매우 놀란 듯 그녀의 눈동자가 커졌다. 여긴 모용세가였고 그에겐 사지나 마찬가지다. 그런데 이곳에 혼자 왔다고 하니 놀라지 않을 수 없었다.

"수하들은 모두 구주성으로 한발 먼저 출발할 것이오. 동이 트면 모두 떠날 것이니 우리도 출발합시다."

"녹 공자."

"말하시오."

녹사랑이 그녀의 부름에 한 발 다가섰다. 모용화가 입을 열었다.

"저는 앞으로 어떻게 되는 걸까요?"

그녀의 낮은 목소리에 녹사랑은 잠시 어깨를 떨었다. 그녀의 말 속에 들어 있는 수많은 뜻이 무겁게 다가왔다.

구주성에 오게 되면 앞으로 그녀는 모용세가의 모용화라는 존재가 아니게 된다. 세가에선 그녀를 영구제명할지도 모른다.

그녀는 자신의 모든 것을 잃게 될 것이다. 또한 살아 있는 동안 고향에 단 한 번도 아니, 그 근처도 가지 못하게 될 것이다.

그녀가 자신을 따라나선다는 것은 그러한 아픔을 모두 감당해야 한다는 소리였다. 또한 그녀에겐 새로운 사람들과 부대껴 살아야 하는 불확실한 미래가 다가온 상태였다. 그 미래가 밝을지 아니면 어두울지는 그녀도 모르는 일이다. 불안한 것은 어쩌면 당연한 일이었다.

녹사랑은 자신이 그녀에게 해줄 수 있는 최선의 말을

해야 했다. 녹사랑은 모용화의 손을 잡았다.

"나를 믿으시오."

모용화가 녹사랑의 목소리에 그의 눈을 쳐다보았다. 녹사랑은 흔들리는 모용화의 얼굴을 바라보며 다시 말했다.

"소저를 사랑하오."

녹사랑의 말에 모용화는 고개를 번쩍 들며 놀란 표정을 보였다. 녹사랑은 그녀를 향해 미소를 지었다. 그 미소에 모용화가 마음의 안정이라도 찾은 듯 미미하게 고개를 끄덕였다. 그저 그렇게 바라만 봤을 뿐인데 좀 전에 비해 상당히 편안한 마음이 들었다.

"후회하지 않게 하겠소."

녹사랑이 힘을 주어 말했다. 진심을 다해 말한 녹사랑은 그녀를 위해 어떠한 희생이라도 치를 각오가 되어 있었다.

분명 많이 힘들 것이다. 하지만 자신보다 모든 것을 버리고 오는 모용화의 고통이 더욱 클 것이다. 과거를 버리고 오직 자신만 바라보고 따라오겠다고 한 여자였다. 자신이 지켜주지 못한다면 누구도 그녀를 지킬 수 없다.

모용화가 결심을 했는지 고개를 끄덕였다. 그녀의 그런 모습에 녹사랑은 그녀의 허리를 안았다.

"어머!"

갑작스러운 그의 행동에 모용화가 화들짝 놀란 표정을

보였으나 이내 그의 품에 몸을 맡겼다.

"꽉 잡아야 할 것이오. 정말 전력을 다해 달릴 것이니 말이오."

"네. 알겠어요."

모용화가 고개를 끄덕였다. 그러자 녹사랑은 힘차게 창을 뚫고 밖으로 뛰어나갔다. 순간 그의 몸이 번개처럼 허공으로 높게 솟구치더니 빠르게 모용세가의 담장을 넘어갔다.


땡! 땡! 땡! 땡!

급작스럽게 침입자를 알리는 경고음이 울리자 깜짝 놀란 얼굴로 일어선 모용욱은 재빠르게 옷을 입고 검을 들었다. 곧 그는 빠르게 밖으로 나갔다.

우르르!

"침입자다!"

"적이다!"

여기저기에서 들리는 외침과 함께 수많은 무사가 움직이자 모용욱은 인상을 굳혔다.

휘리릭!

그의 눈에 바람 소리와 함께 빠르게 지붕을 넘어가는 풍운회 회주 조천천의 모습이 보였다. 모용욱은 그의 뒤를 따라 경공술을 펼쳤다.

"무슨 일이오?"

"저도 아직 파악이 안 되었소."

조천천의 대답에 모용욱은 고개를 끄덕이며 조천천보다 한발 먼저 나섰다. 상황 파악을 빨리 해야 했기 때문이다.

연무장에 내려오자 대문을 열고 나가는 무사들이 보였다.

"무슨 일이냐?"

모용욱의 목소리에 그의 옆으로 다가온 수하가 재빨리 말했다.

"도둑이 든 모양입니다."

"도둑?"

모용욱이 안색을 굳히자 그의 옆으로 조천천이 빠른 걸음으로 나아가더니 담장을 넘고 날았다.

"구주성주다!"

"구주성주가 모용 소저를 납치한다!"

대문 밖에서 들리는 커다란 외침에 모용욱의 눈동자가 부릅떠졌다.

"이노옴!"

순간 그의 머리를 넘으며 모용세가의 가주인 모용형이 분노한 모습으로 활시위를 떠난 화살처럼 앞으로 나아갔다.

슈아아악!

"멈춰라!"

강력한 바람을 머금고 날아드는 도강에 놀란 녹사랑이 재빠르게 신형을 돌려 막았다.

쾅!

"큭!"

조천천의 도강과 부딪친 녹사랑의 신형이 순간 흔들거리더니 주춤거렸다. 그 사이에 조천천이 거침없이 일도를 날리며 다가왔다. 그의 눈엔 녹사랑의 품에 안겨 있는 모용화의 모습은 보이지도 않는 듯했다.

이대로라면 녹사랑이 아무리 대단한 무인이라도 모용화의 안전까지 책임지기 어려울 상황이었다. 하지만 녹사랑은 모용화를 절대 놓지 않겠다는 듯 그녀를 안은 채 날아드는 도강을 향해 자신의 도를 들었다.

"멈추시오!"

쾅!

외침과 함께 모용형의 검이 조천천의 도를 막았다.

조천천은 눈을 부릅뜬 채 모용형을 노려보며 신형을 멈추었다. 그 사이 녹사랑은 피를 한 사발 토하더니 재빠르게 신형을 돌려 달려 나갔다.

"잡아야 하오!"

"내 딸을 죽일 생각이오!"

분노한 모용형의 외침에 조천천이 나가려다 발을 멈추곤 안색을 바꿨다.

"녹사랑을 죽일 수 있는 기회를 놓칠 생각이시오?"

"내 딸의 목숨도 함께 가져갈 모양이구려?"

모용형의 차가운 목소리에 조천천은 그사이 더욱 멀어진 녹사랑의 모습에 어금니를 깨물었다.

어느새 세가맹의 무사들과 풍운회의 무사들이 따라붙었다. 그들은 조천천과 모용형이 서로 대치하고 있자 잠깐 당황하는 듯하더니 이내 둘을 지나 녹사랑을 추적하기 시작했다.

둘은 강렬한 기도를 뿌리며 서로 노려보고 있었다. 그 주변에 세가맹의 가주들과 풍운회의 간부들이 모여들었다.

모용형이 다시 한 번 차갑게 물었다.

"내 딸까지 죽일 작정이었소?"

"그렇소."

조천천의 말에 세가맹의 가주들이 표정을 굳혔다. 조천천은 그런 그들을 둘러보며 다시 말했다.

"녹사랑을 죽일 수 있는 기회였기 때문이오."

"회주께서도 모용 소저와 비슷한 또래의 여동생이 있지 않소이까? 여동생이 지금과 같은 상황이라도 그럴 것이오?"

모용욱이 화난 표정으로 묻자 조천천은 차가운 표정으로 대답했다.

"내가 가장 아쉬워하는 것이 녹사랑의 품에 내 여동생이 안겨 있지 않았다는 점이오. 그랬다면 이렇게 녹성주를 놓치는 일은 없었을 테니 말이오."

조천천의 말에 모두 매우 놀란 표정을 보였다. 곧 조천천은 좌중을 둘러보다 신형을 돌렸다.

"철수한다. 더 이상 이곳에 있을 필요가 없겠구나."

조천천의 말에 그의 수하들이 고개를 숙였다. 곧 풍운회가 철수 준비에 들어갔다.

모용형은 조천천의 모습을 잠시 노려보다 고개를 돌려 멀어져간 녹사랑과 모용화의 모습을 찾으려 했다. 하지만 이미 점이 되어 사라진 그들이었다. 모용형의 전신이 희미하게 흔들리기 시작했다.

*      *      *

쾅!

"뭐라고!"

탁자를 강하게 내려친 공천자는 상당히 분노한 표정으로 눈앞에 서 있는 양청을 바라보았다.

탁자는 산산조각 나 가루가 되다시피 한 상태였다. 그

만큼 공천자가 분노하고 있다는 소리였다. 양청은 공천자의 이런 모습에 어깨를 떨었다. 그가 이렇게 감정을 크게 드러내는 일이 극히 드물었기 때문이다.

"기가 막히는군."

공천자는 어이없다는 듯 다시 중얼거렸다.

"녹성주가 그래, 홀로 나타나 모용화를 납치해 사라졌다고? 그 후 구주성이 철수하고? 어이가 없구나. 어이가 없어……."

공천자는 고개를 저었다. 곧 안정을 찾은 듯 그의 눈동자가 반짝이기 시작했다.

"구주성도 상당한 피해를 입은 상태였기에 철수할 명분이 필요했을 것입니다. 이 상태로 가다간 그들도 감당 못할 상처를 입게 될 테니 말입니다."

양청의 말에 공천자는 묵묵히 수염을 쓰다듬었다. 양청의 말이 귀에 들어왔지만 애써 무시했다. 그런 일로 멈출 싸움이 아니었기 때문이다.

아무리 피해가 크다 하더라도 구주성과 세가맹은 이토록 쉽게 싸움을 멈춰서는 안 됐다.

삼도천을 감당하지 못할 정도로 큰 피해를 입었어야 할 세가맹과 구주성이 이 상태로 물러선다면 자신의 계획에도 차질이 생긴다. 그 점이 마음에 들지 않았다.

"풍운회는 이미 강북으로 출발한 모양입니다."

"빠르군."

"풍운회를 길게 비워둘 수도 없을 테니 급히 돌아갔겠
지요."

"세가맹은 어찌하고 있나?"

"시신을 수습하고 부상자들을 치료하면서 휴식을 취하
고 있는 모양입니다. 한편으론 구주성에 사람을 보내 모
용 소저를 데려올 모양입니다."

양청의 말에 공천자는 고개를 저었다.

"이미 끝난 일……. 쯧!"

공천자는 혀를 차며 모용형의 자상함을 탓했다. 어차피
자식은 다시 낳으면 그만이었기 때문이다. 양청이 다시
말했다.

"그리고 장권호에 관한 보고입니다."

"장권호? 아…… 그가 있었지."

공천자는 구주성과 세가맹의 일 때문에 잠시 장권호의
일을 잊었다고 생각했다.

"새로 들어온 보고로는 장권호가 강서성을 지나 무이산
으로 향한다 합니다."

"……!"

공천자가 그 말에 표정으로 눈을 크게 떴다. 공천자의
머릿속에 순간 삼도천의 천주인 유영천의 모습을 스쳐 갔
다.

"천주께선 어디 계시느냐?"

"파악 중에 있습니다."

"어서 위치를 파악하고 무이산에는 못 오게 하거라, 장권호와 마주치면 생각지도 못한 문제가 생길 수도 있으니 말이다."

"알겠습니다."

"급히 무이산으로 가야겠군."

공천자가 자리에서 일어나며 중얼거리자 양청이 조금 놀란 눈빛을 던졌다. 공천자가 장권호를 의식한다고 생각했기 때문이다.

지금까지 보여준 모습과는 조금 달랐다. 변방의 무림인 한 명 때문에 공천자가 움직인다는 게 이해가 되지 않았다.

"먼저 출발할 터이니 뒤따라오거라."

"예."

양청이 허리를 숙이자 공천자는 빠른 걸음으로 밖으로 나갔다. 그가 나가자 양청은 안색을 바꾸며 많은 생각을 했다. 하지만 곧 생각하는 것을 그만둔 양청은 방 안을 정리한 후 밖으로 나갔다.

제5장

끝이 없는 길

구주성과 세가맹의 싸움이 끝났다는 소문이 급속도로 퍼졌다. 동시에 모용화가 구주성에 납치되었다는 소식도 함께 강호 사람들을 놀라게 했다.

처음 전쟁이 세가맹이 구주성주와 모용화의 혼담을 거절한 것을 빌미로 벌어졌다. 전쟁 끝에 그녀를 얻은 구주성은 철수하였고, 세가맹은 그 분노를 풀기 위해 조만간 구주성을 공격할 것이란 소문까지 돌고 있었다.

하지만 아직까지 이렇다 할 움직임이 없는 두 세력이었다. 그 가운데 모용화가 스스로 구주성으로 갔다는 소문이 돌았다.

싸움을 멈추기 위해 구주성주와 혼인을 올리러 그녀가

자신을 희생했다는 소문으로 인해 모용화의 인품이 높아지고 있었다.

장권호는 강변에 앉아 잠시 흘러가는 강물을 바라보며 휴식을 취했다. 생각해보니 장백파를 떠나는 순간부터 지금까지 마음 편히 쉬어본 기억이 거의 없는 듯했다.

마음을 비우고 한가롭게 나무그늘 아래에 누워 잠을 자고 싶었다. 그냥 마음속의 모든 감정을 털어버리고 편안하게 잠을 잔다면 도화원(桃花園)에 온 기분이 들지 않을까?

문득 든 생각이었다.

스윽!

품속으로 손을 넣은 장권호는 건포를 꺼내 입에 넣고 씹기 시작했다. 건포만큼 여행할 때 허기를 채워주고 입의 심심함을 덜어주는 음식도 없다는 생각이 들었다.

쓸데없는 생각이었다. 그래도 지금은 그냥 상관없는 생각을 하며 시간을 보내고 싶었다. 그렇게라도 시간을 보내야 가슴속에 묻어둔 감정이 올라오지 않을 것 같았기 때문이다.

자신의 감정을 절제하고 다스리는 일이 장권호에게 있어선 가장 중요한 수련이었다.

그것이 복수라는 대명제를 위한 일이라 해도 수련을 게

을리 할 수는 없었다. 이미 술(術)과 공(功)의 단계를 넘어 예(藝)의 길을 지난 그였다. 그 너머엔 학(學)이 존재하고 있다. 그 학의 단계마저 넘기 위해선 자기 자신을 다스려야만 한다. 자기 자신을 알아야지만 학을 넘어 도(道)의 길로 갈수 있기 때문이다.

하지만 쉬운 일은 아니었다. 중원에 나오는 순간부터 자신의 무공은 정체되었다. 수많은 사람과 만나고 그들의 감정을 경험하면서, 어째서 무공이 더 앞으로 나아가지 않는지 깨달을 수 있었다.

다른 사람들은 실전을 통해 무공의 수준이 높아진다고 하는데 장권호의 경우엔 그렇지가 않았다.

지금까지는 복수라는 목적만을 바라보며, 불꽃같은 분노를 품고 있었음에도 적극적으로 흉수를 찾지 않았다. 그 이유 중에 하나가 바로 자신의 단계가 정체되어 있기 때문이었다.

정체되어 있는 단계를 넘어서야만 했다. 그래야 뭔가가 보일 것 같았다. 사형의 복수를 완벽하게 이룰 수 있을 것 같았다.

과연 자신의 문파가 초토화되고 사랑하는 사형이 눈앞에서 주검으로 발견되면 정신을 차릴 수 있는 사람이 몇이나 있을까? 자신의 피와 살을 나눠준 형제와도 같은 사람들이 죽었는데 온전한 정신을 가지고 살아갈 수 있는 사람이 과연 몇이나 있겠는가?

하지만 장권호는 온전한 정신을 유지하려 했고, 유지해 왔다. 그 이유가 바로 자신의 높은 무예가 수련을 통해 무학(武學)의 경지를 넘어서고 있었기 때문이다.

그는 냉철하게 생각하려 했고 흥분하지 않으려 노력했으며 천천히 앞을 바라보고 있었다. 이제 그 앞만 바라보던 그의 길은 어느 정도 진실에 다가온 듯 보였다. 그렇기에 더더욱 마음을 다스리려 노력하였다.

하지만 왜 무이산으로 가는 이 길이 이토록 흥분되고 주체하기 힘들 만큼 감정의 기복이 심한 것일까? 진실에 한 발 더 다가갔다는 본능 때문일까?

장권호는 지금 꽤 흥분한 상태였다. 감정을 절제해야 한다는 생각을 떠올리지 못할 만큼이나.

사박! 사박!

낮고 가벼운 발소리에 장권호는 살짝 눈살을 찌푸렸다. 상대가 오 장 가까이 접근하는 동안 기척을 느끼지 못하였기 때문이다. 분명 발소리는 자신을 향해 오는 소리였고 그 소리는 오 장 부근부터 들려왔다.

이곳은 자신을 제외하곤 그 누구도 없는 곳이었다. 때문에 장권호는 상대가 처음부터 자신을 목적으로 접근했을 거라 생각했다.

장권호는 고개를 돌려 자신의 삼 장 앞까지 다가온 회

의녀를 바라보았다. 긴 흑발은 아무렇게나 묶었고 앞머리
는 반이 얼굴을 가려 그 얼굴을 제대로 파악하기 어려웠
다. 무엇보다 중요한 것은 처음 보는 여자지만 분명 고수
라는 사실이었다.

장권호의 눈앞에 나타난 여자는 서영아였다. 탈퇴환골
한 그녀의 달라진 모습을 장권호가 알아볼 리가 없었다.
무엇보다 그녀의 기운 자체가 달라졌기 때문에 기도로도
그녀인지 확인할 수가 없었다.

고요하면서도 마치 산들바람이 부는 듯한 그녀의 기도
에 장권호는 자리에서 일어섰다.

"누구시오?"

장권호의 물음에 그녀는 잠시 멈칫거렸다. 자신이 달라
졌다는 사실을 잠시 잊었기 때문이다. 서영아의 머릿속에
문득 재미있는 생각이 들었다.

"각오하세요."

휙!

말이 끝남과 동시에 바람처럼 서영아의 왼손이 허공을
갈랐다. 그러자 무색투명한 강렬한 기운이 마치 칼날처럼
바람과 함께 장권호의 면전으로 날아들었다.

"……!"

급작스러운 그녀의 일격에 장권호는 상당히 놀란 표정
을 보였다. 그가 놀란 이유는 그녀의 무공이 대단해서가

아니었다. 아무런 살기가 없었다는 점에 놀란 것이다. 적을 향한 적대적인 의지조차 없는 상태에서 펼친 일수가 살인적이었고 놀라울 정도로 빨랐다.

쉬악!

공간을 가르는 칼날 같은 기운은 삽시간에 장권호의 면전으로 날아들었고 금방이라도 그의 목을 잘라버릴 것처럼 보였다.

장권호의 왼손이 살짝 어깨 위로 올라갔다.

팍!

마치 허공중에 날아드는 돌을 쥐듯 장권호의 손은 주먹을 쥐었고 그 순간 주변을 가득 채우던 강렬한 기운이 눈 녹듯 사라졌다.

"……!"

머리카락에 가려졌지만 서영아는 매우 놀란 듯 잠시 굳은 몸으로 서 있었고 눈은 커졌다.

자신의 수풍(手風)을 이토록 쉽게 받아낼 거라곤 생각지 못하였기 때문이다. 검이 있었다면 분명 달라졌을 것이지만 말이다.

그녀가 펼치는 수공은 본래 검법이다. 그것도 강호일절이라 알려진 비신검법이다.

일반적으로 검을 통한 풍압은 그 위력이 손보다 몇백 배나 증가된다. 그녀의 입장에서 최소한의 기운으로 최대의 효과를 보기 위해서는 검을 쥐어야 했다.

쉬쉭!

보법을 밟으며 빠르게 손을 움직이는 서영아의 신형은 삽시간에 장권호의 일 장 가까이로 다가왔다. 그 일 장이란 짧은 공간 사이로 십여 개의 유형의 선들이 그물처럼 겹쳐진 채 장권호를 조각낼 듯 날아갔다.

아까와는 달리 강한 내력까지 담긴 수공이었고 칼날 같은 날카로움이 담겨 있었다. 스치기만 해도 잘릴 것 같은 그녀의 수공에 장권호는 재빠르게 발을 움직였다. 그러자 그의 신형이 마치 허깨비처럼 흔들리더니 그녀의 수공을 피해갔다.

퍼퍼퍽!

장권호의 뒤에 있던 나무가 마치 두부처럼 조각난 채 꿍음을 내며 바닥으로 쓰러졌다. 장권호의 등 뒤로 소량의 먼지구름이 피어올랐다.

"어디서 많이 본 듯했는데 비신검법인가? 귀문에서 나온 모양이군."

장권호의 말에 서영아는 미미하게 고개를 끄덕이며 손을 뻗었다. 그녀의 손이 뻗어 올 때 발을 움직여 좌측으로 피했다. 그 순간 강한 바람과 함께 강렬한 풍압이 밀려들어왔다.

앞으로 뻗은 서영아의 손이 어느새 장영으로 바뀌어 강

한 장풍을 날렸기 때문이다. 수정궁주인 제선선의 절기 중 하나인 옥타신수였다.

쉬악!

불과 일 장이란 짧은 거리에서 날아드는 그녀의 손 그림자에 장권호는 가볍게 왼 주먹을 뻗었다.

그저 가볍게 한 번 뻗은 것 같지만 그 속엔 장권호의 절기인 파쇄공의 내력이 담겨 있었다. 그저 마주치는 것만으로도 상당한 내상을 안겨줄 위력이었다.

장권호의 왼 주먹이 서영아의 손바닥을 쳐내자 강한 폭음과 함께 땅이 울렸다.

쾅!

폭음과 함께 뒤로 십여 걸음이나 물러선 서영아는 뒤로 한 발 물러선 장권호를 바라보며 서 있었다. 그녀는 뒤로 물러서는 순간에도 장권호의 모습을 놓치지 않기 위해 시선을 고정하고 있었다.

"아프네요."

어깨를 한 번 흔든 서영아가 낮은 목소리로 중얼거렸다. 그녀의 말에 왼 주먹을 앞으로 뻗은 채 잠시 서 있던 장권호가 곧 자세를 바로하고 말했다.

"귀문에 소저와 같은 고수가 있을 줄은 몰랐소. 복수를 위해 온 것이오?"

서영아는 장권호의 질문에 오히려 입가에 미소를 걸며

되물었다.

"비신검법인 줄 어떻게 알았나요?"

장권호의 질문을 무시하고 오히려 질문을 던진 서영아에게 장권호는 불쾌해하지 않고 대답해줬다.

"보법 때문이오. 손의 움직임으로는 솔직히 알기 어려웠소이다. 하나 발의 움직임이 과거 귀문주의 움직임과 같았소. 귀문주와 같은 보법을 쓰는데 검법이라고 다른 것을 쓰진 않을 터, 그러니 비신검법이 아니겠소?"

"그랬군요. 거기까지는 생각하지 못했어요."

서영아는 고개를 끄덕이며 말을 한 후 곧 손을 뻗었다.

"검을 빌려주세요. 제대로 해보게."

그녀의 말에 장권호는 아무런 망설임도 없이 자신의 허리에 차고 있던 기린검을 풀어 던져주었다.

탁!

손안에 기린검을 쥔 서영아는 장권호가 별말 없이 검을 던져주자 눈을 반짝였다. 그런 그녀에게서 은근히 뿜어지는 살기에 장권호는 슬쩍 입가에 미소를 걸었다. 익숙한 살기였기 때문이다. 하지만 그것도 잠시 살기는 삽시간에 사라졌다.

서영아는 눈앞에 검을 들어 올린 후 천천히 검을 뽑았다.

스릉!

부드럽게 뽑히며 들린 맑은 울림과 기린검의 날카로운 예기에 상당히 놀란 눈빛을 보이던 그녀는 시선을 장권호에게 던졌다. 아무리 보아도 명검이 분명했기 때문이다. 이런 검을 자신에게 던져준 장권호의 의도가 궁금했다. 하지만 장권호는 별다른 표정 변화가 없었다.

"좋은 검이군요."

"기린검이오."

서영아는 고개를 끄덕였다. 곧 그녀는 검을 늘어뜨린 후 반짝이는 눈동자로 말했다.

"알고 계셨군요."

"무엇을 말이오?"

"저라는 것을요."

서영아의 물음에 장권호는 부정하지 않겠다는 듯 천천히 고개를 끄덕였다. 그러자 서영아는 내력을 끌어 올렸다.

쉬릭!

그녀의 검에 강한 빛과 함께 유형의 검기가 삽시간에 나타났다. 서영아가 다시 물었다.

"알면서도 모르는 척하신 건가요?"

"목소리를 듣는 순간 알았지."

말투가 변하는 장권호의 말에 서영아는 짧은 숨을 내쉬더니 곧 바닥에 부복했다.

"서영아가 주인님을 뵙습니다."

그녀의 인사에 장권호는 미소를 보이며 말했다.

"일어 나거라. 자신의 실력을 검증하고 싶었던 게 아니었나? 지금 내 눈앞에 나타났다는 것은 내 지시에 충실하지 않았다는 뜻으로 보이는군. 그 짧은 시간에 내가 전수한 무공을 대성했다고 믿기는 어려워."

"죄송합니다. 주인님이 전수해준 무공은 대성하지 못했으나 과거에 익혔던 비선신공을 대성할 수 있었습니다. 더해 주인님이 말씀하신 탈퇴환골을 하였기에 나온 것입니다."

서영아의 말에 장권호는 잠시 서영아를 바라보다 곧 묵도를 뽑아 들었다.

스릉!

그의 도가 도집에서 빠져나오며 울리는 금속음이 서영아의 귀를 자극했다.

"이야기는 후에 듣지."

"예."

대답과 함께 서영아의 신형이 빛살처럼 늘어나며 장권호의 목을 베어갔다. 그 섬전 같은 빠름에 장권호는 매우 놀랐지만, 내색하지 않고 침착하게 도를 들어 막았다.

땅!

검과 도가 마주치자 강렬한 금속음이 울렸다. 서영아의

신형은 어느새 장권호를 지나 그의 등 뒤에서 모습을 보이는 듯하더니, 곧바로 흐릿하게 사라지며 장권호의 머리를 내리 찍었다.

슈아악!

바람 소리가 사방에서 울리는 착각과 함께 장권호의 신형이 그 자리에서 뒤로 돌더니 서영아의 검을 막았다.

쾅!

강렬한 폭음과 함께 장권호의 신형이 발목까지 땅속으로 파고들어갔으며 서영아의 신형은 강한 충격에 허공을 날아 십여 장이나 멀리 떨어진 곳에 내려섰다. 그녀는 손목에서 울리는 강한 반탄강기에 상당히 놀라워하고 있었다.

장권호가 강하다는 사실은 익히 알고 있었고, 자신이 결코 가까이 다가갈 수 없을 정도로 멀리 있다는 것도 알고 있었다. 하지만 그것은 과거의 일이라고 여겼다. 탈퇴환골까지 한 지금은 어느 정도 상대할 수 있을 거라 생각했는데 그 생각도 고쳐야겠다고 여겼다.

"대단하군."

장권호는 도를 눈앞에 들어 보이더니 기린검과 마주한 날이 마치 살점이 떨어진 것처럼 갈라져나간 모양을 살폈다. 갈라진 부분은 미세하였지만, 강호에 나와 처음으로 겪은 일이었다.

"감사합니다."

서영아가 검을 들어 올리며 대답했다. 장권호의 칭찬에 기분은 좋았으나 투지는 사라지지 않았다. 서영아는 가볍게 검을 내려 반원을 그렸다.

슥!

가볍게 그린 반원이 순간 바람의 칼날이 되어 장권호에게 날아들었다.

파파팟!

검기에 잘려나간 풀잎들이 허공으로 솟구쳐 휘날렸고 유형의 검기는 마치 파도처럼 장권호의 발목을 향해 밀려들어왔다.

슥!

그 순간 서영아의 신형이 흔들리며 사라졌다.

쉬악!

또 한 번 바람 소리와 함께 가슴을 향해 유형의 파도가 밀려들었다. 서영아가 만든 검기는 좌우로 그 길이만 이장에 달할 정도로 길어 피할 공간이 없었고 무엇보다 빨랐다.

파팟!

아주 짧은 찰나의 순간, 풀잎들이 허공중에 휘날리며 장권호의 시야를 가렸다. 그 때문에 장권호는 서영아의 위치를 놓치고 말았다.

장권호는 순간 묵도를 들어 하늘 높이 치켜들더니 강하게 땅으로 내리쳤다. 아주 단순한 일도양단의 초식이지만 그 위력은 땅을 울릴 정도였다.

콰쾅!

강력한 폭음과 함께 사방으로 흙먼지가 솟구쳤으며 바닥으로 날아들던 검기와 가슴을 향해 다가오던 검기 두 개가 모두 삽시간에 공기 중에 흩어졌다.

핏!

순간 흙먼지가 반으로 갈리며 실선 같은 빛이 장권호의 눈앞에 나타났다. 서영아의 그림자는 매우 흐릿했고, 좌우로 분리되어 장권호를 지나치는 중이었다.

보통 사람이라면 그 모습조차 볼 수 없었을 것이다. 아니, 웬만한 절정고수들도 그 모습을 눈으로 찾지 못할 쾌속함이었다.

"피하세요!"

서영아가 자신도 모르게 외쳤다. 설마 장권호가 자신의 일 초를 피하지 못할 거란 생각은 전혀 하지 않았기 때문이다.

장권호는 자신의 목에 닿는 듯한 실선의 날카로움과 강렬함에 눈을 반짝였다. 서영아의 검이 장권호의 목에 닿는다 싶은 순간 그의 몸이 두 배로 불어났다. 아니, 불어나는 것처럼 보였다.

쾅!

폭음과 함께 사방으로 흙먼지와 강한 바람이 밀려나갔다. 서영아는 십여 장 뒤로 물러선 상태로 검을 늘어뜨렸다. 하지만 그녀의 오른손은 계속해서 사시나무 떨듯 떨고 있었다.

웅! 웅!

그녀의 손이 떨리자 검 역시도 검명을 울리며 함께 떨렸다. 서영아는 매우 놀란 표정으로 흙먼지에 둘러싸인 장권호의 흐릿한 신형을 바라보고 있었다.

"이럴 수가……."

분명 자신의 비신검법이 적중했다고 생각했다. 물론 장권호가 피하거나 막을 거라 장담한 상태로 마음껏 펼친 일격이기에 그 위력이 더했을 것이다. 무념무상의 상태로 펼친 일수였다.

만약 상대가 죽여야만 하는 사람이었다면, 비신검법의 마지막 초식인 일섬무적(一閃無敵)을 이토록 완벽하게 펼치지 못했을 것이다. 죽여야 한다는 살심(殺心)이 마음속에 남아 초식의 완성을 방해했을 것이기 때문이다.

하지만 지금은 아무런 생각도 안 한 채 오직 무공을 펼치는 것에만 집중하였기에 최고의 일초를 선보일 수 있었다.

그런 일초를 펼치고도 사람을 베었다는 느낌은 받지 못

했다. 그저 무언가 단단한 물체에 부딪친 느낌이었고, 그 느낌을 받자마자 뼈가 으스러지는 듯한 반탄강기를 느껴야 했다.

"우엑!"

자신도 모르게 피를 토한 서영아는 흙먼지가 가라앉은 곳에 서 있는 장권호를 바라보았다. 장권호의 상의는 어느새 찢어져 사라진 후였다.

하지만 그의 등은 마치 금방이라도 타오를 것 같은 뜨거운 기도를 내뿜고 있었으며, 지금까진 느끼지 못했던 강한 압박감을 발산하고 있었다.

슥!

신형을 돌린 장권호와 눈이 마주친 서영아는 자신도 모르게 입술을 깨물었다. 그의 강렬한 신광이 눈을 찔렀기 때문이다.

"음……."

서영아는 마치 거대한 짐승이 자신을 덮쳐올 듯한 압박감과 함께 당장에라도 자신의 몸이 불에 타오를 것 같은 뜨거움을 동시에 느껴야 했다.

그것은 패도였다. 게다가 알 수 없는 두려움까지 함께 전해주고 있었다.

장권호가 장백삼공 중 마지막 삼공을 펼친 모습이었다. 자신의 감정에 충실하고 아무것도 생각지 않으며 오직 상

대를 이기겠다는 마음만 가득 찬 모습이었고 본래의 장권
호였다.

그제야 서영아는 장권호가 어떤 사람인지 알 것 같다는
생각을 했다.

슥!

그때 장권호의 가슴 부위에 붉은 선이 가느다랗게 나타
났다. 서영아가 펼친 일섬무적의 흔적이었다.

"금강불괴……."

서영아가 자신도 모르게 중얼거렸다. 믿기 힘든 모습을
눈앞에서 보았기 때문이다. 단단한 만근 거석도 단숨에
조각내는 위력의 일섬무적을 고스란히 몸으로 받고도 장
권호는 그저 가볍게 살이 베인 정도의 흉터만 생겼을 뿐
이었다.

"괘씸하군."

"헉!"

장권호의 말에 그제야 자신이 무엇을 잘못했는지 깨달
은 서영아가 바닥에 부복했다. 그녀는 그게 장권호의 농
담이란 사실을 알아채지 못했을 만큼 놀랐다.

"죄송합니다. 저도 모르게 너무 신이 나서…… 제 자신
을 주체하지 못하였습니다."

장권호의 압도적인 모습에 서영아는 저도 모르게 어깨
를 떨어야 했다.

"찾아올 만하군."

장권호는 곧 삼공을 풀며 평소 모습으로 돌아왔다. 서영아가 고개를 들어 바라보자 장권호가 다시 말했다.

"앞으로는 그렇게 엎드리지 말고, 또 주인님이라는 말도 쓰지 마. 나는 너를 내 여동생이란 생각으로 대할 테니 말이야."

"예?"

장권호의 말에 매우 놀란 서영아가 일어섰다. 그녀는 장권호를 바라보며 가만히 선 채 움직이지 않았다.

"힘을 쓰고 나니 출출하지 않아?"

"예? 아 예. 출출해요."

"일단 마을로 가야겠어."

장권호가 말과 함께 천천히 걸음을 옮기자 그녀도 급히 그의 옆에 따라붙었다.

장권호의 옆에서 나란히 걷는 그녀의 가슴이 크게 뛰기 시작했다.


그들은 마을에 들어오자마자 객잔을 찾아 방을 얻고 들어와 앉았다. 장권호는 뒤따라 들어온 서영아가 한쪽에 앉자 그녀에게 시선을 던졌다.

이미 객잔으로 오면서 그녀에게 이야기를 들은 상태였다. 그가 떠난 직후 수정궁의 추소려가 나타난 이야기부터 깊은 동굴에서 홀로 보낸 시간에 대한 이야기까지 전부 들었다. 험난한 여정이었지만 특별할 것은 없는 이야기였다.

단지 흥미로운 게 있다면, 어느 날 갑자기 그녀의 무공이 급성장했다는 부분이었다.

장권호는 그게 뱀을 먹었다고 해서 일어날 일은 아니라고 생각했다. 하지만 그녀의 말로는 그 외에는 특이한 일이 없었다고 했다.

장권호도 그 점에 대해선 더 이상 묻지 않았다. 결국 중요한 것은 그녀가 강호인이면 누구나 꿈속에서라도 얻고 싶어 하는 기연을 얻었다는 점이다.

영아는 장권호의 시선을 피한 채 어색한 기분을 느껴야 했다. 이렇게 장권호와 함께 있는 시간을 바라왔지만, 막상 함께하니 현실 같지도 않았고 안절부절못하기만 하는 느낌이었다.

부자연스럽다고 해야 할까? 아니면 어울리지 않는다고 해야 할까? 자신은 장권호의 옆이 아니라 그의 그림자에 숨어 있어야 하는 것이 아닐까? 문득 그런 생각이 들었다.

"식사는 어떻게 하실 건가요?"

서영아가 어색한 목소리로 물었다.

"아직 식사 시간은 아닌 것 같은데?"

장권호의 말에 서영아는 아직 해가 떠 있는 창밖을 쳐다본 후 다시 어색한 표정으로 고개를 숙였다. 그러다 뭔가가 생각난 듯 자리에서 일어섰다.

"저는 잠시 밖에 나가 동향 좀 파악하고 올게요."

"강호의 동향?"

"네."

서영아가 당연하다는 듯 고개를 끄덕이자 장권호는 품에서 금화를 하나 꺼내 던져주었다. 금화를 받아 손에 든 서영아가 가만히 바라보자 장권호가 말했다.

"옷이라도 사서 입어."

"아!"

서영아는 자신이 입고 있는 옷이 낡은 회의라는 것을 떠올리곤 금화를 바라보았다.

"그렇게 할게요."

서영아는 대답과 함께 밖으로 나간 후 빠른 걸음으로 시장을 향해 나아갔다.

그녀가 나가자 방 안에 홀로 남은 장권호는 죽은 신구희와 신검록에 대해 생각했다. 신경을 안 쓰려고 노력해도 신경이 쓰였다. 무인이기에 더더욱 관심이 갈 수밖에 없었다.

'황산에 신검록이 있다는 사실을 강호의 사람들이 알게 된다면 필히 큰 파장이 일어날 것이다. 무엇보다 신검록은 삼도천에서 보관 중이었다고 했는데 그들이 어떻게 신 검록을 잃어버리게 된 것일까? 삼도천은 분명 천하제일 의 조직이 아니던가?'

신검록에 대한 생각이 들자 꼬리에 꼬리를 무는 의문들 이 그의 머릿속을 스치고 지나갔다. 가장 확실한 사실 하 나는 자신만이 신검록의 위치를 알고 있다는 점이다.

물론 풍비가 자신을 가만히 내버려둘 상대도 아니기에 그에 대한 대비책도 생각해야 한다.

해가 질 때쯤 되어서야 밖으로 나간 서영아가 안으로 돌아왔다. 그녀는 청색 경장 차림을 하고 들어와 미소를 보였다. 하지만 여전히 얼굴의 반을 머리카락으로 가린 상태였다. 아직 자신의 모습에 익숙지 않았기 때문이다.

"식사는 방으로 주문했어요."

"그래."

장권호는 그녀의 말에 대답한 후 식탁 앞에 앉았다. 얼 마 지나지 않아 소채와 돼지고기를 볶은 음식이 들어왔고 둘은 천천히 젓가락을 움직이며 식사를 하였다.

"밖에 나가보니 구주성과 세가맹의 싸움이 끝났다고들 하네요."

서영아의 말에 장권호가 흥미 있는 표정을 보이며 젓가 락을 멈추었다. 그러자 서영아가 이어 말했다.

"듣기로는 구주성이 일방적으로 물러섰다고 해요. 그리

고 모용화가 구주성주와 곧 혼인을 한다는 소문도 있어
요. 이야기를 들어보면 모용화가 구주성주와 혼인을 하게
됨으로써 세가맹과 구주성이 더 이상 싸울 명분이 없어
물러섰다고 하네요."

"모용세가의 입장도 난처하겠군."

"그렇겠지요."

서영아가 장권호의 말에 수긍하듯 고개를 끄덕였다. 세
가맹에서 볼 때 모용화는 배신자였고 역적이나 마찬가지
였다. 그런 모용화가 태어나 자란 곳이 모용세가니 세가
맹 내에서 분명 큰 혼란이 있을 것이다.

"모용세가는 조만간 모용화를 제명해야 할 거예요. 그
렇게 하지 않으면 세가맹 내에서도 분쟁이 생길 것이고
구주성에 원한이 있는 정파에서 모용세가를 가만두지 않
을 테니까요. 구주성주의 처가인데 그냥 두겠어요? 절대
그냥 두지 않을 거예요."

서영아의 설명에 장권호는 묵묵히 다시 젓가락을 움직
였다. 그녀의 말을 모두 이해했고 자신 역시 비슷한 생각
을 하고 있었기 때문이다.

식사를 마친 서영아가 젓가락을 놓으며 문득 생각난 듯
이 물었다.

"그런데 주인님께선 어디를 가시는 길인가요? 동쪽으
로 쭉 가시는 것 같은데 복건성에 볼일이라도 있는 모양

이에요?"

"무이산."

"무이산이요?"

무이산이란 말에 서영아는 무이산에 무엇이 있는지 곰곰이 생각했다. 하지만 딱히 떠오르는 게 없었다.

"천하의 명산이라 한 번쯤 가보고 싶었지."

장권호의 설명에 서영아는 고개를 끄덕였다. 하지만 장권호의 말처럼 그가 유람을 위해 간다고는 생각지 않았다.

"혹시 장백파와 관련된 곳인가요?"

그녀의 물음에 장권호는 차를 따라 마시며 미소를 보였다. 서영아는 자신의 예상이 맞다고 확신했다. 그곳에 무엇이 있어 장권호를 부르는지 궁금해졌다.

"무이산은 저 역시 한 번도 못 가본 곳이에요. 저도 이 기회에 천하의 명산을 구경하고 싶어요."

서영아가 함께하고 싶다는 뜻을 보이자 장권호는 선선히 고개를 끄덕이며 허락했다.

"그래."

"주인님 감사합니다."

"주인님이란 소리 하지 말고 그냥 편하게 오라버니라고 생각하고 대해. 내가 불편하니까."

장권호가 익숙지 않은 표정으로 다시 말하자 서영아는

살짝 얼굴을 붉혔다. 장권호의 여동생이 되는 것도 나쁘지는 않겠지만 절대 여동생이 될 생각은 없었다. 그렇게 되면 여자로서 장권호를 대하지 못하기 때문이다.

"저는 그냥 이대로가 좋아요."

서영아가 미소를 보이며 대답하자 장권호는 짧은 숨을 내쉰 후 차를 마셨다. 문득, 왠지 이대로 가내하나 종미미와 마주치면 큰일이 날 것 같은 예감이 들었다.

*　　*　　*

모용세가에서 철수한 풍운회의 고수들은 소속된 단체로 나뉘어 빠르게 철수했다. 조천천은 열 명에 불과한 호위무사와 함께 독자적으로 개봉을 목표로 움직였다. 현재는 악양에 도착해 휴식을 취하고 있었다.

동정호가 내려다보이는 풍월루 별채에 앉아 있던 조천천은 작은 발소리와 함께 정원을 가로질러 오는 젊은 청년의 모습에 안색을 바꿨다.

곧 별채 주변으로 호위무사들이 모여들었지만 조천천은 모두 물러서게 하였다. 멀리서부터 조천천의 얼굴을 마주 보며 걸어오던 청년은 빠른 걸음으로 객실로 들어와 조천천의 맞은편에 앉았다.

"오랜만이야."

편안한 말투로 조천천에게 말한 청년은 미소를 보였다. 풍운회주에게 이토록 편안하고 친숙한 말투를 보여줄 수 있는 사람이 과연 천하에 몇이나 있을까? 조천천은 당연히 화를 내야 했지만 그러지 않았다.

  마치 당연하다는 듯 청년을 바라보다 살짝 미간에 주름을 잡았다. 그의 말투 때문이 아니라 그가 눈앞에 나타났다는 사실 때문이다.

  "왜 왔어?"

  조천천이 상당히 편한 말투로 청년에게 물었다. 청년은 그 물음에 다시 한 번 미소를 보이며 차를 따라 마셨다.

  "동생이 형을 보러 오는 데 이유가 있나?"

  "쓸데없는 소리 하지 말고 말해."

  "배다른 형제라 해도 형제는 형제 아닌가? 하긴 하나뿐인 여동생에게도 내 존재를 숨겼으니 숨기고 싶겠지."

  청년의 말에 조천천의 눈동자에 살기가 맴돌았다. 그러자 청년은 양손을 들어 항복하는 시늉을 하며 말했다.

  "흥분하지 말라고. 아무 이유도 없이 찾아온 것은 아니니까."

  "급했던 모양이군."

  조천천은 생명에 위협이 없는 이상 자신을 찾아올 청년이 아니라는 것을 잘 알았다. 역시 청년은 고개를 끄덕이며 대답했다.

"재수 없게 일이 좀 꼬였어."

"무슨 뜻이지?"

조천천은 일이 꼬였다는 말에 눈을 번뜩였다. 청년이 하는 일이 무엇인지 잘 알기 때문이다. 그리고 그것은 자신도 연관된 일이었다.

"설마 아버님께 걸린 것은 아니겠지?"

조천천의 물음에 청년은 고개를 저었다. 그러자 조천천은 번뜩이던 눈동자를 풀며 짧은 한숨과 함께 여유를 되찾았다.

"말해봐. 무슨 일인데?"

조천천이 여유를 보이며 다시 묻자 청년이 입을 열었다.

"상권을 찾지 못했어."

"음……."

청년이 다짜고짜 상권이란 말을 했어도 조천천은 그것이 신검록을 가리키는 말이란 것을 안다. 청년의 입에서 상권이라 불릴 만한 내용의 책은 신검록밖에 없기 때문이다. 굳이 비급의 이름을 말하지 않은 것은 혹시라도 모를 쥐새끼를 의식해서였다.

풍운회의 회주라는 신분 정도 되면 그가 뜻하지 않아도 주변에서 쥐들이 모여들기 마련이다.

큰 정보를 얻기 위해서라면 불이라도 뛰어들 불나방들

이 강호에는 종종 있었다.

하지만 다행스럽게도 지금 이 자리엔 쥐새끼나 불나방은 없어 보였다. 물론, 쥐새끼가 있었다 해도 청년이 벌써 처리했을 것이다.

"자세히 설명해."

조천천의 목소리가 삽시간에 굳어지며 무심하게 가라앉았다. 청년은 다시 한 번 차를 마시며 목을 적시더니 그간의 일을 설명하기 시작했다.

청년의 이야기에서 가장 중요하게 나온 부분은 바로 장권호와 있었던 일이다. 계속해서 장권호의 이름이 거론되자 조천천은 상당히 신경이 쓰이는 듯했다.

"신구희를 죽인 일은 잘한 일이지만, 장권호가 알고 있다고?"

"알고 있는 눈치였지."

"그걸 네가 어떻게 알지? 신구희가 죽으면서 정말 그자에게 상권 위치에 대해 말했을까?"

조천천의 물음에 청년은 당연하다는 눈빛으로 말했다.

"신구희에게 신검록의 위치를 듣지 않았다면 내가 신구희를 쫓은 이유가 신검록 때문이란 사실을 어떻게 알았겠어? 분명히 알고 있기 때문에 비급 이야기로 나와 흥정하려 한 거겠지."

"그렇지."

조천천의 청년의 말에 고개를 끄덕였다.

신검록이 외부로 유출된 사실을 아는 사람은 삼도천 내에서도 극소수다. 변방에 있는 장백파를 사문으로 가진 그가 신검록이 유출되었다는 사실을 접할 수 있을 리가 없었다.

하지만 장권호는 신구희와 접촉 후에 신검록에 대해 언급했다. 그 말은 그가 신구희에게서 신검록의 위치를 전해 들었다는 뜻이었다.

"그자가 찾기 전에 우리가 먼저 찾아야 해."

청년의 말에 조천천은 미미하게 고개를 끄덕였다. 하지만 머릿속은 꽤 많은 생각들로 가득 차 있었다.

"상권만 손에 넣으면 그만인 것을……."

조천천은 낮은 목소리로 중얼거리다 청년에게 시선을 던졌다.

"그 사실을 아는 사람은?"

"우리 둘뿐이야."

조천천은 고개를 끄덕였다. 다행히 신검록의 이야기가 퍼질 것 같지는 않았다.

"하지만 그 자식이 소문을 낼 수도 있다는 것을 명심해야 해."

"스스로 지옥에 들어가려고 소문을 낼까? 소문이 나는 순간 그자는 강호에서 발을 붙이기가 어려울 텐데?"

청년의 말에 조천천이 미소를 보이자 청년도 그 말에 수긍했다. 신검록의 위치를 감히 입 밖에 낼 수 있는 자가 천하에 과연 몇이나 있을까? 무인이라면 누구나 신검록을 손에 넣고 싶어 한다. 신검록의 위치를 알기만 한다면 목숨을 걸고서라도 차지하려 할 것이다.

장권호가 자신이 신검록의 위치를 알고 있다는 사실을 말한다면, 모든 강호인들의 표적이 되고 말 것이다.

조천천은 장권호가 전 강호의 무림인을 적으로 돌리는 위험을 감수하고, 신검록의 위치를 알고 있다는 사실을 입 밖에 내지 않을 것이라 확신했다.

"아버님도 모르는 일이지?"

"아직은 몰라. 하지만 곧 알게 될지도 모르지…… 어차피 만나면 보고는 해야 하니까."

"그 문제는 네가 알아서 잘 처신하고 우린 사본만 손에 넣으면 된다. 그 점을 잊지 마. 그럼 이제 이 일에 관련된 삼도천 사람들은 모두 죽은 것인가?"

"물론."

청년의 대답에 조천천은 만족한 표정을 보였다. 곧 그가 다시 말했다.

"그럼 이제 왜 찾아왔는지 그 이유를 들어볼까?"

조천천이 신검록에 관한 이야기를 제외하고 왜 왔는지 묻자 청년은 살짝 미소를 입가에 걸더니 천천히 입을 열었다.

"과연 형은 풍운회의 회주가 될 만한 그릇이야. 내 의도를 정확히 파악했으니 말이야."

"쓸데없는 소리 말고 말해."

"장권호를 죽이고 싶어. 그래서 온 거야."

"그렇군……."

청년의 말에 조천천은 살짝 침음을 삼키며 고민스러운 표정을 지었다.

장권호는 귀문주와도 어깨를 나란히 하는 고수였고 자신도 승부를 장담하기 힘든 무인이었다. 그런 장권호를 죽이고 싶다니 쉽지 않은 일이었다.

"전에 유가장에서 그 오합지졸들이 합공을 했다면 장권호를 죽일 수 있었을지도 몰라. 아니 큰 부상만 입혔어도 내 손에 죽었을 텐데."

청년은 장권호를 잘 아는 것처럼 말했다. 유가장에서 장권호와 마주친 인물은 삼도천의 풍비밖에 없었다. 그렇다면 조천천의 배다른 형제가 풍비라는 소리였다.

조천천은 생각에 잠긴 듯하더니 곧 결정을 내린 듯 팔짱을 끼며 말했다.

"아버님께 이야기를 하는 게 빠르겠군. 적어도 삼도천에는 그를 죽일 수 있는 인물이 있으니까."

"삼천자?"

"그렇지. 차도살인지계인가?"

조천천이 미소를 보이며 고개를 끄덕이자 풍비는 재미있다는 표정을 보였다. 그의 말은 장권호가 죽어도 좋고 삼천자 중 아무나 죽어도 좋다는 뜻이었기 때문이다.

"둘 다 죽어주면 일석이조(一石二鳥)겠군."

풍비가 낮은 웃음소리를 만들자 조천천은 미소를 보이며 자리에서 일어섰다.

"그만 가봐라. 오래 있어봤자 좋을 게 없으니까."

"그렇게 하지. 다음에 또 보도록 하자고."

"다음에 올 때는 상권을 가지고 와야 할 거야."

"알았어."

풍비는 당연하다는 듯 미소를 보인 후 소리 없이 밖으로 나갔다.

'똑똑한 놈이다.'

조천천은 사라진 풍비의 모습을 떠올리며 생각했다. 그리고 그가 과연 상권을 가지고 올 것인지도 미지수였다. 무엇보다 배다른 형제라는 점에서 서로 큰 정이 없었다. 그 말은 목적만 이루면 언제 서로 등을 찌를지 모른다는 것과 마찬가지다.

\*　　　\*　　　\*

푸른 파도는 흰 물거품과 함께 밀려오고 있었다.

쏴아아!

바위에 부딪친 파도의 웅장한 소리는 귀를 멍하게 만들 정도로 거대했고 강했다. 그 소리를 들으며 잠시 서 있던 백의 청년은 곧 다시 발걸음을 옮겼다.

그는 드넓게 펼쳐진 바다를 바라보자 가슴이 시원해지는 것을 느꼈다. 아마 세상 모든 사람들이 바다의 광대함을 바라본다면 같은 기분을 느낄 것이다. 거기다 시원한 바닷바람은 잠시지만 세상의 시름을 잊게 해주는 듯했다.

청년은 기분이 좋았다.

저벅! 저벅!

바다에서 조금 떨어진 풀밭으로 들어선 그는 천천히 움직이고 있었다. 저 멀리 마을이 보였고 가까운 바다에 나가 있는 어선들과 부둣가에서 바쁘게 움직이는 사람들의 모습도 보였다.

청년은 마을로 가는 듯 그가 걷는 길은 곧게 마을을 향해 뻗어 있었다. 길 좌측으로는 껑충 자란 은행나무들이 죽 길게 늘어서 있었다. 나무 그림자는 하늘에서 쏟아지는 햇살을 가려 시원한 그늘을 만들어주었다. 운치 있는 모습이었다.

그 그늘 아래에 백의를 입은 노인이 한 명 앉아 있었다. 노인은 조금 왜소한 체구에 단정한 옷차림을 하고 있었다. 노인은 청년과 눈이 마주치자 청년을 잠시 바라보더니 이내 시선을 돌리며 품에서 연잎에 감싼 만두를 꺼내 먹기 시작했다.

청년과의 거리가 가까워지자 노인은 다시 한 번 시선을 돌렸고 청년 역시 노인에게 시선을 던졌다. 노인은 미소를 보이며 만두를 들어 보였다.

"하나 먹겠나?"

"주시면 감사히 먹겠습니다."

청년은 노인의 옆에 다가와 앉아 다음 만두를 하나 집어 먹었다. 노인은 만두를 천천히 먹고 있었는데 상당히 오랫동안 입안에서 씹었다. 청년 역시 만두를 꼭꼭 씹어 먹었다.

"날씨가 좋군."

노인의 말에 청년은 고개를 끄덕였다. 청년의 눈에 저 멀리서 빠르게 다가오는 분홍빛 치마를 입은 이십 대 초반의 여자가 보였다.

"기다리던 녀석이 오는군요. 잘 먹었습니다."

청년은 말과 함께 엉덩이를 털고 일어나 길가에 섰다. 그의 옆으로 빠르게 다가온 여자는 검을 들고 있었으며 상당히 빼어난 미모의 소유자였다.

"오래 기다리셨어요?"

그녀의 말에 청년은 그저 담담히 미소를 보였다.

"아니다. 잠시지만 좋은 인연도 만났고 즐거웠다."

청년의 말에 그녀는 좋은 인연이란 말에 호기심 어린 표정으로 노인에게 시선을 던졌다.

그녀의 시선에 노인도 자리를 털고 일어났다. 그러자 청년의 눈이 노인에게 향했다.

"자네는 머리부터 발끝까지 아비를 빼다 박았군."

노인의 말에 청년의 표정이 굳어졌다. 지금까지 아무도 자신에게 아버지에 대해 입을 여는 사람이 없었기 때문이다. 삼도천의 삼천자들도 그의 앞에서 아버지란 말을 거론하지 않았다.

"제 아버지를 아시는 모양입니다?"

"유명경은 꽤 멋이 있었지."

노인은 미소를 보이며 고개를 끄덕였다. 마치 과거의 일을 회상이라도 하듯 그는 먼 바다를 바라보며 수염을 쓰다듬었다.

"제가 누구인지 잘 아십니까?"

"잘 알지는 못하지만 유명경의 아들이겠지."

그 말에 청년은 담담한 미소를 입가에 걸었다.

"제 아버지의 지인을 만나 뵙게 되어 영광입니다."

그의 말에 노인은 손을 저었다.

"나는 네 아비의 지인이 아니네. 그저 패배자일 뿐이지. 그 패배자가 지금 자네 앞에 나타난 것이네. 자네 이름이 유영천이라면 내가 제대로 찾아온 것이겠지."

"선배님의 대명을 듣고 싶습니다."

청년은 자신이 유영천이란 사실을 인정하듯 물었다. 그 물음에 노인은 입을 열었다.

"오제방이라 하네."

"……!"

유영천의 표정이 굳었다. 오제방이라면 상당히 오래전 인물이었기 때문이다. 또한 그 당시에 천하를 논하던 고수였다.

오제방은 흰 수염을 쓰다듬으며 다시 말했다.

"자네 아비에게 패한 후 꽤 오랜 시간 동안 수련을 하였지……. 그저 이겨보고 싶어서 말이네. 하지만 다시 나온 강호는 너무 많이 변한 모양이야."

"세월은 누구도 막지 못합니다."

유영천의 말에 오제방은 인정하는 표정으로 말했다.

"막지 못하지……. 암, 그렇고말고. 유명경을 찾으려 했더니 이미 명이 다했다 하더군. 그래서 자네를 찾았네."

"제게 볼일이 있으신 것입니까?"

유영천의 물음에 오제방은 미소를 보였다.

"나도 이제 눈을 감을 나이야, 하지만 속세에 마지막 하나 남은 미련을 없애지 못하고 있네. 그 한을 자네가 풀어주었으면 하네."

"그것이 무엇입니까?"

"일 초만 겨루세."

노인의 말에 유영천은 잠시 놀란 표정을 보였으나 곧 포권하며 대답했다.

"후배 유영천이 가르침을 받겠습니다."

"좋군, 좋아."

오제방은 상당히 기분 좋은 표정으로 웃어보였다.

"천주님."

유영천의 옆에 서 있던 향비가 상당히 걱정스러운 표정을 보이자, 유영천은 부드러운 미소를 지으며 말했다.

"멀리 떨어져 있거라. 일 초라지만 내 너를 보호할 자신이 없구나."

"천주님……."

향비는 유영천의 말에 상당히 놀란 표정을 보이다 곧 멀리 떨어졌다. 유영천이 자신을 보호할 자신이 없다고 한 말에 충격을 받았다. 유영천은 자신이 아는 한 강호제일이었다.

그런 그가 한 수 접고 들어가는 모습을 보인 것은 처음이었다.

향비는 오제방이란 인물을 다시 한 번 살폈다. 하지만 아무리 살펴도 특별한 무언가가 보이지는 않았다.

하지만 진정한 고수는 자신의 존재를 드러내지 않는 법

이라고 배웠고 오제방도 그럴 것이라 생각했다. 그렇기 때문에 향비는 오제방의 움직임을 눈에 담으려 애썼다.

오제방은 곧 오른손을 가볍게 들어 보이며 말했다.

"이곳에 오면서 만든 초식이네. 초식명은 정하지 않았는데 자네가 정해주면 좋겠군."

"알겠습니다."

유영천은 대답과 동시에 오른손을 펼쳤다. 그러자 '핑!' 거리는 바람 소리와 함께 그의 오른손에 검이 하나 나타났다. 검날은 무색투명한 빛을 발하고 있었으며, 마치 종잇장처럼 얇아 바람에 휘날렸다.

평소에는 그의 팔목에 감겨 있는 연검으로 그 얇기는 머리카락 한 올 두께 정도에 불과했다. 하지만 유영천의 손에 들린 이상 세상에서 가장 날카롭고 단단한 검일 것이다.

"그럼 가겠네."

"예."

오제방은 유영천의 대답을 듣자 한 발 앞으로 나서며 오른손을 내밀었다. 오제방이 그저 가볍게 허공을 미는 그 순간, 강한 바람과 함께 수백 개의 장영이 마치 거친 파도가 밀려오듯 유영천에게 다가왔다.

유영천은 태풍이 몰아치는 망망대해(茫茫大海) 한가운데 서 있는 기분이 들었다. 피할 곳은 그 어디에도 없었으며 오직 앞으로 나아가야만 할 것 같았다.

유영천은 눈을 감으며 검을 들어 올렸다. 그러자 기운
은 서서히 무겁게 가라앉았고, 심신은 깊은 바닷속으로
빠져드는 것 같았다.

그 순간 유영천이 눈을 뜨며 검을 휘둘렀다. 강한 빛과
함께 그의 앞에 놓인 바다가 둘로 갈라지더니 거대한 폭
풍우가 사방으로 휘몰아쳤다.

"……!"

멀리 떨어져서 유영천과 오제방의 대결을 보던 향비는
오제방이 손을 펼치는 순간 눈을 크게 떠야 했다. 유영천
의 바로 머리 위에서 거대한 원 모양의 물체가 떨어져 내
렸기 때문이다. 그것이 무엇인지 향비는 도저히 알 수 없
었다.

하지만 거대한 기운이 담겨 있었으며, 향비는 유영천이
정면으로 받아낼 수 없을 것이라 생각했다. 그런 구체가
삽시간에 유영천을 삼키자 향비는 자신도 모르게 앞으로
나서려 했다.

슈아아악!

순간 폭풍 같은 바람이 그녀를 덮쳤고 향비는 칼날처럼
예리한 바람에 뒤로 물러서야 했다.

"천주님."

향비가 자신도 모르게 구체에 삼켜진 유영천을 불렀다.
그때 '퍽!' 하는 소리와 함께 구체를 뚫고 나온 빛이 허공
으로 솟구쳤다.

"앗!"

빛이 나타났다는 것은 아직 유영천이 살아 있다는 뜻이
분명했다. 그리고 빛은 '서걱!' 하는 소리와 함께 서서히
구체를 자르며 밑으로 떨어져 내렸다.

쿵!

육중한 소리와 함께 흙먼지가 허공으로 높게 솟구치며
강한 바람이 사방으로 밀려나갔다. 향비는 바람에 자신의
몸이 밀려가자 그 힘에 거부하지 않고 그대로 몸을 맡겨
더 멀리 떨어졌다. 몸에 힘을 주면 왠지 자신의 몸이 찢길
것 같은 예감이 들었기 때문이다.


바람이 잦아들자 눈을 뜬 유영천은 자신을 중심으로 주
변 삼 장에 깊은 구덩이가 파인 것을 보았다. 구덩이를 잠
시 보다 시선을 옮긴 그는 자신이 날린 일검이 대로 중앙
에 거대한 균열을 만든 것을 발견했다.

균열의 끝은 거의 이십여 장이 넘었으며 그 끝에 오제
방이 굳은 표정으로 수염을 쓰다듬으며 서 있었다.

휘릭!

유영천이 먼저 연검을 거두며 입을 열었다.

"훌륭한 초식입니다. 드넓은 바다 위에 홀로 서 있는 기분을 느꼈습니다. 단지…… 그 속이 쓸쓸하고 고독하다는 기분이 들었습니다. 그게 선배님의 본래 마음이 아닌가 합니다."

"후후! 그렇네. 바로 맞추었어."

가벼운 미소와 함께 웃음을 보이던 노인은 곧 다시 물었다.

"그래 초식의 명은 무엇으로 하는 게 좋겠는가?"

"독로무한(獨路無限)이 좋을 듯합니다. 고독한 길은 끝이 없지요."

"좋군, 좋아."

오제방은 상당히 만족한다는 듯 연신 고개를 끄덕이다 곧 신형을 돌리며 말했다.

"자네가 무적명(無敵名)이로군."

오제방은 곧 천천히 걸음을 옮기다 어느 순간 마치 허깨비처럼 유영천과 향비의 시야에서 사라졌다.

제6장

고독은 끝이 없고

　덜컹! 덜컹!

　한쪽에 짐을 싣고 움직이는 짐마차는 굴러가는 내내 요
란한 소리를 냈다. 짐에 기대앉은 유영천은 마부석에 앉
아 짐마차를 모는 향비의 뒷모습을 잠시 바라보았다. 그
녀의 긴 머리카락이 짐마차 안으로 들어와 있었고 간간이
바람에 휘날리기도 했다.

　그럴 때마다 향긋한 향기가 코를 간지럽혔지만 유영천
은 그저 담담한 표정으로 마치 친동생을 바라보듯 그녀의
모습을 눈에 담았다.

　"조금 쉬었다 갈게요."

　"그래."

향비가 고개를 돌려 말을 한 후 곧 나무 그늘 아래로 들어가 멈춰 섰다. 향비는 마부석에서 몸을 돌려 짐마차에 걸터앉으며 아까부터 궁금했지만 꾹 참았던 것을 물었다.

"아까 그 노인은 도대체 누구예요?"

상당히 서운한 표정으로 향비가 물어오자 유영천은 슬쩍 미소를 보이며 말했다.

"내가 말을 안 해줘서 서운했던 모양이구나?"

"아주 조금……이요."

향비가 엄지와 검지를 눈높이에 올리고 살짝 오므리며 말하자 유영천은 다시 한 번 그녀의 행동에 미소를 보였다.

"오래전에 하늘 같은 높이에서 세상을 보던 분이시다."

"대단하신 분이신가보네요?"

"그렇지."

유영천은 향비의 물음에 고개를 끄덕였다. 그의 말처럼 오제방은 오십 년 전에 천하제일이라 불릴 만큼 대단한 명성을 날리던 고수였기 때문이다.

"네 집안인 유가는 이백 년 동안 복건의 패자로서 높은 명성을 얻고 있지 않으냐?"

"예. 그런데 갑자기 저희 집안은 왜 물으시나요?"

"오 선배에 대해 이야기를 하려면 네 집안에 대해서도 말을 해야 하기 때문이지."

"그래요?"

향비가 그 말에 조금 놀란 표정을 보였다. 그러자 유영천이 말했다.

"본래 유가는 과거 고금제일이라 불린 오성천의 무공을 이어받은 유가정의 한 뿌리라 볼 수 있지. 오성천은 한 명의 제자와 한 명의 자식이 있었는데 그게 유가정과 오영방이었다."

"그래요? 그런 이야기는 처음 들어봐요. 이백 년 전의 이야기에 대해선 몇 번 들어보았지만, 그 이전은 사실 잘 모르는 일이에요."

"여자인 네가 시집을 가면 다른 집안 사람이 되기 때문에 유가의 어른들이 일부러 숨긴 모양이다."

유영천의 말에 향비는 살짝 실망한 표정을 보였다.

"너무 서운하게 생각하지 말거라. 유가의 입장에서 보면 집안의 비밀이 외부로 세어나가는 것을 막고자 한 것이니까. 만약 유가가 오성천의 진전을 이어받은 유가정의 핏줄이라는 사실을 사람들이 알게 된다면 분명 흑심을 품은 많은 사람들이 유가에 나타날 것이다. 오성천의 비급을 원하는 사람은 천하에 널리고 널렸다."

"예."

향비는 그 말을 듣자 조금은 이해가 되는 듯 고개를 끄덕였다. 하지만 그래도 서운한 것은 사실이었다. 가족들이 자신에게 무언가 숨기는 게 있다는 사실을 알게 되면 누구나 같은 감정을 가질 것이다.

문득 향비는 자신도 모르는 사실을 알고 있는 유영천에 대해 궁금했다.

"그런데 천주님께선 저도 모르는 그 사실을 어떻게 알고 계신가요?"

"나 역시 같은 유가정의 피를 이어받은 사람이기 때문이다. 유가와 나는 한 집안이란 뜻이지. 비록 상당히 먼 친척이지만 말이야."

"아······."

향비는 그 말에 상당히 놀란 표정을 보이다 조금 실망스러운 눈빛을 던졌다. 천주와 같은 핏줄이란 사실을 알게 되자 무언가 큰 벽이 생긴 것처럼 느껴졌다. 하지만 마음속으로 천주를 좋아하는 감정을 버린 것은 아니었다.

향비는 다시 궁금한 것을 물었다.

"그렇다면 고금제일의 오성천의 아들인 오영방이나 오성천의 후인들은 왜 모습을 안 보이는 것일까요? 오성천의 자식이라면 누구보다 많은 진전을 이어받았을 것 같은데요?"

그 물음에 유영천은 깊은 한숨을 내쉬며 말했다.

"오성천은 대단히 뛰어난 무인에 천재였지만, 아쉽게도 그 자식인 오영방은 아버지인 오성천에 비해 그리 뛰어난 인재가 못 되었지. 물론 그건 오성천의 입장에서 볼 때고, 고금제일이라 불린 오성천의 방대하고 깊은 무학을 삼 할 정도 깨우쳤다고 전해지는 것을 보면 그도 뛰어난 인물이 었던 게 틀림없지. 평범한 사람이라면 평생을 공부해도 오성천의 무학을 일 할 정도 익힐 수 있을까? 그것만 해도 대단한 일이 아닐 수 없지만 오성천은 만족하지 못한 모양이야."

"그렇군요."

향비는 상당히 흥미로운 과거사에 강한 호기심을 보이며 눈을 반짝였다.

"오성천은 천하를 돌며 천재적인 재능을 가진 인재를 찾아다녔는데, 마침내 찾은 인재가 바로 유가정이었어. 유가정은 천하에 둘도 없을 정도로 뛰어난 인물이었고 오 성천의 진전을 가장 많이 이어받았지만, 그도 전부는 잇지 못했고 칠 할 정도만 익혔다고 해. 오영방이 삼 할의 무학을 깨우쳤는데 유가정은 칠 할 정도 깨우쳤으니 그 차이가 명백할 수밖에 없었지."

"대단한 인물이었군요."

"대단하지. 오성천의 끝을 알 수 없는 무학을 그 정도로 익혔다니 말이야."

"그 둘은 싸우지 않았나요?"

향비가 오영방과 유가정의 사이가 나빴을 거란 생각으

로 물었다. 유영천은 고개를 저었다.

"그 둘은 싸운 적이 없다고 한다. 오영방에게 유가정은 아들 같은 존재였다고 하니까 말이야. 그리고 오영방의 자식도 상당한 천재로 그 당시에는 오성천의 무학을 모두 이을 거란 기대를 한 몸에 받았다고 한다. 이름은 오정백이라 하지. 그리고 그가 이대 무적명(無敵名)이다."

"아, 그럼 일대가 바로 유가정이군요?"

"그렇지."

유영천이 향비의 말에 미소를 보였다. 유영천은 곧 다시 말했다.

"하지만 오정백 이후로 이렇다 할 인재가 나오지 않은 오가는 오성천의 후인이란 이유로 오성천에게 원한을 가진 무리들에게 공격을 당하게 된다. 유가는 도우려 했으나 워낙 순식간에 일어난 일이어서 돕지 못하였지. 그 일로 강호에는 오가의 핏줄이 끊어진 것으로 되어 있다. 그 이후 무적명은 유가에서 나오게 되었다. 본래라면 오가와 유가에서 가장 뛰어난 인물이 무적명이 되어야 했으나 오가가 몰락한 이후 그렇지 못하였지."

향비는 아무 말 없이 묵묵히 이야기를 들었다. 하지만 유영천의 말을 들을 때마다 새로운 궁금증이 계속해서 생각났다.

"그러다 칠십 년 전 오 선배가 홀연히 나타난 거지. 오가의 피를 이어받은 오성천의 후인이 말이야."

유영천의 말에 향비는 매우 놀란 표정을 보였다. 유영천은 다시 말했다.

"오 선배는 무적명의 이름을 가지기 위해 다시 나타난 것이었는데, 아쉽게도 내 아버님께 패한 후 다시 모습을 감추었어. 그런데 오늘 다시 내 앞에 모습을 보인 이유는 무적명이란 이름을 다시 가져가기 위함이었을 거야."

"그렇군요."

향비는 이해가 된다는 듯 고개를 끄덕였다.

"내 능력이 무적명의 이름에 맞지 않다면 바로 뺏어갈 생각이었겠지만 나를 인정해줘서 솔직히 기분이 좋아."

유영천은 미소를 보였다. 향비도 그 말에 웃음을 보이다 입을 열었다.

"천주님을 이길 자는 강호에 아무도 없어요."

그녀의 말에 유영천은 가만히 미소를 보이다 담담한 목소리로 말했다.

"글쎄……. 그건 모르는 일이다. 강호에는 나도 모르는 무인이 저 해변가의 모래알처럼 쌓였으니 말이다."

"아무리 모래알처럼 쌓여 있다 해도 무적명을 이길 자는 없어요. 모래는 바람에도 흩어지는 미미한 존재일 뿐이에요."

향비가 강한 어조로 말하자 유영천은 그녀에게 미소를

던지며 누웠다.

"어서 서두르자. 집을 오랫동안 비워두면 먼지밖에 더 쌓이겠느냐?"

"알겠어요. 하지만 말이 한 마리기 때문에 더 빨리 가려 해도 속도를 낼 수 없어요."

향비의 말에 유영천은 가볍게 손을 들어 보인 후 눈을 감았다. 한낮의 태양빛이 내려오니 저절로 눈이 감긴 것이다.

유영천이 너무 단적으로 요약해 말해서 호기심만 더 가지게 되었다. 삼도천에 도착하게 되면 가장 먼저 과거의 일을 조사해야겠다는 생각에 스스로 과제를 떠안았다고 생각했다. 물론 기분 좋은 과제가 분명했다.

*　　　*　　　*

구주성주와 모용화의 혼인식으로 인해 구주성의 정문은 활짝 열려 있었다. 외부에서도 많은 손님들이 오갔으며 구주성에 속한 수많은 문파가 선물을 보내고 축하 인사를 전했다. 하지만 세가맹에서는 단 한 명의 사람도, 한 개의 선물도 오지 않았다.

아무리 구주성의 정문이 활짝 열려 있다 해도 많은 사람들이 드나드는 만큼, 들어갈 때는 철저히 신분을 검사하고 있었다.

중요한 행사인 만큼 문제가 생기지 않도록 천연성이 특별히 지시한 일이다. 정문의 좌우로 이십여 명에 달하는 강한 눈빛의 무사들이 늘어서 있었다.

그 사이로 걸음을 옮기는 세 명의 여자들이 있었는데 모두 백의를 입었으며 면사로 얼굴을 가리고 있었다. 하지만 반짝이는 두 눈은 사람들의 이목을 받기에 충분했다.

그녀들이 다가오자 정문에 서서 검문을 하던 순찰당의 부당주 종간주가 앞을 막았다. 그는 사십 대에 조금 마른 체구였고 키도 크지 않아 맨 앞에 선 백의녀보다도 작았다.

"방명록에 이름과 소속을 적어야 하오."

"조 원주를 보려고 왔어요. 조 원주에게 백옥궁에서 왔다고 하면 알 거예요."

"원주님의 손님이오?"

임아령의 말에 종간주가 묻자 임아령은 아미를 찌푸리며 말했다.

"그럼 장난으로 왔다고 보나요?"

그녀의 말에 종간주는 손을 저었다. 갑작스러운 살기에 매우 놀란 것이다. 거기다 풍겨오는 그녀들의 기도가 범상치 않았기에 조심스럽게 다시 말했다.

"그래도 절차상 방명록에 적어야 하오."

그의 말에 임아령은 붓을 들고 방명록에 이름과 소속을 적었다. 곧 종간주가 사람을 시켜 그녀들을 안내했다.

"궁에서 사람이 왔다고?"

"네. 그 아이들이 확실해요."

"호랑이 굴에 스스로 들어온 꼴이라니……. 어리석은 것들."

조반옥은 소양양의 말에 기분 좋은 미소를 보였다. 하지만 곧 그녀는 안색을 바꾸었다. 종미미의 존재 때문이다.

"일단 만나는 봐야지."

"데려올까요?"

소양양이 묻자 조반옥은 고개를 끄덕였다. 곧 시비들을 시켜 그녀들을 데려오게 한 후 조반옥은 소양양에게 다시 말했다.

"왜 왔을까?"

"저도 잘 모르겠어요."

"목적이 있으니까 왔겠지, 설마 호랑이 굴에 들어와서 싸우려는 것은 아닐 테고 말이야."

조반옥은 살짝 아미를 찌푸렸다. 임아령의 목적이 무엇인지 도통 감이 안 잡혔기 때문이다.

"일단 만나보면 알 것 같은데요?"

"그래. 혹시 모르니 만반의 준비를 다 하거라."

"알겠어요."

소양양은 대답과 함께 자리에서 일어나 밖으로 나갔다. 곧 태선원에 속한 무인들이 모두 소집되어 조반옥의 거처를 중심으로 밀집하였다.

얼마 지나지 않아 많은 무사들의 시선을 받으며 세 명의 백의녀가 모습을 보였다. 그녀들은 지켜보는 시선에 아랑곳하지 않고 당당한 걸음으로 조반옥의 거처로 들어갔다.

조반옥의 내실로 들어오는 세 명의 백의녀는 그녀의 예상처럼 임아령을 비롯한 가내하와 종미미였다. 조반옥은 곧 시비들과 호위무사들을 담 밖으로 물러나게 했다. 모두 물러가자 세 명이 면사를 벗었다.

"제가 차를 따르지요."

가내하가 일어나 조반옥과 소양양의 찻잔에 차를 따르고 임아령과 종미미의 찻잔에도 따랐다. 그리곤 마지막으로 자신의 찻잔에 차를 따른 후 미소를 보였다. 그러자 조반옥이 입을 열었다.

"이렇게 내 잔에 차를 따라주는 것을 보아하니 싸우려고 온 것은 아닌 모양이군?"

그녀의 말에 가내하가 고개를 끄덕였다.

"맞아요. 두 분과 싸워봤자 즐거울 것도 없고 오히려 슬플 것 같아서요. 저희는…… 누가 뭐라 해도 가족이니까요."

가내하가 가족이란 말을 입 밖으로 내자 조반옥의 눈빛이 차갑게 번뜩였다. 백옥궁의 사람들은 모두 한 가족처럼 지내는 것을 잘 알기 때문이다. 자신에게 그러한 사실을 상기시키기 위해서 일부러 언급한 말이었다.

"막내의 말보단 네 말을 듣고 싶다. 왜 왔지?"

조반옥이 시선을 돌려 임아령에게 묻자 임아령은 낮은 목소리로 입을 열었다.

"두 분 숙모님과는 옛정도 있고 추억도 있으니 싸우는 것은 옳은 일이 아니라고 생각해요."

"그건 네 생각이냐? 아니면 큰언니의 생각인 게냐?"

"제 생각이에요. 궁주님은 두 분의 생사(生死)에 관심이 없으세요."

"음……."

임아령의 말에 조반옥과 소양양은 눈에 보일 만큼 실망한 표정을 보였다. 상당히 서운한 듯 그녀들은 씁쓸히 고개를 저었다.

"하지만 두 분이 궁을 나간 이유에 대해선 어느 정도 이해하고 계세요. 그 이유에 대해선 저희에게 지금까지 단한 마디도 하지 않으셨기에 굉장히 궁금하지만 절대 말해주시지 않으셨어요."

임아령이 다시 말하자 조반옥은 짧은 숨을 내쉬었다. 소양양은 그저 말없이 차를 마셨다.

"전에는 그저 궁주님의 명령 때문에 싸운 것이지만 지금은 제 뜻대로 움직이고 있으니 싸울 필요 없다고 생각해요. 그런데 왜 궁을 나갔나요?"

"네게 말을 한다고 해서 이해할 것 같으냐?"

임아령은 조반옥의 말에 곧 표정을 바꾸며 말했다.

"궁주님은 두 분의 생사와는 상관없이 빙옥신공과 청향비를 회수하라고 하셨어요."

소양양이 말했다.

"죽여서라도 가져오라는 말이로군."

"둘 다 본 궁의 귀중한 보물이에요. 그러니 당연히 회수해야지요."

임아령이 소양양의 차가운 말에 대답했다. 그녀의 날카로운 시선에 소양양은 비웃기라도 하듯 청향비를 꺼내 보이며 다시 말했다.

"확실히 대단한 물건은 틀림없어. 지금까지 꽤 많은 고수들이 이 청향비의 제물이 되었지. 피를 좋아하는 놈인데 백옥궁에 돌아간다면 더 이상 피를 먹지 못할 거야. 그럼 너무 불쌍하지 않니?"

소양양이 비아냥대자 지금까지 조용히 앉아 있던 종미

미가 눈을 번뜩였다.

슈아아악!

강한 바람과 함께 회색 안개가 삽시간에 사방을 덮쳤으며 순식간에 내실 전체에 흰 서리가 앉았다. 그 놀라운 변화에 조반옥과 소양양의 표정이 굳어졌다.

종미미는 담담한 시선으로 조반옥과 소양양을 바라보며 말했다.

"전에는 죽일 마음이 없었기에 그저 가볍게 상대했어요. 하지만 오늘은 두 분께서 언니의 부탁을 거절하신다면 최선을 다할 생각이에요."

그녀의 말에 조반옥이 살기를 보였다.

"최선을 다하겠다고? 그럼 전에는 최선을 다한 게 아니라는 뜻이냐?"

"제 삼 할 정도였다고 생각하세요."

종미미의 건조한 목소리에 조반옥은 미소를 보였다.

빙옥신공을 대성한 자신과 마주했던 종미미의 무공은 엄청났다. 그런 그녀의 무공이 겨우 삼 할뿐이었단 사실에 속으로는 매우 놀랐지만 겉으로는 아무렇지도 않은 듯 웃었다.

"허세만 늘었구나."

조반옥의 말에 종미미는 그저 담담한 눈빛을 보일 뿐이었다. 임아령이 손을 뻗어 종미미의 앞을 가렸다.

"그만. 싸우려고 온 것이 아니다."

종미미는 그녀의 말에 자신의 기운을 거두었다. 그러자 방 안의 서리가 녹기 시작했다. 보기만 해도 두렵고 대단한 종미미의 극음지기였다.

'저년의 말이 사실이라면…… 이곳에서 저년을 막을 자는 거의 없을 것이다.'

조반옥은 녹사랑과 장로들의 무공 수준을 잘 알고 있었다. 그들의 무공 실력은 자신과 종이 한 장 정도 차이밖에 나지 않는다. 종미미처럼 절대적인 힘의 우위를 보이는 사람은 없었고 오히려 자신보다 뒤지는 사람도 있었다.

"네 말이 듣고 싶다."

조반옥이 시선을 돌려 임아령에게 말했다. 임아령은 고개를 끄덕이며 말했다.

"빙옥신공의 비급과 청향비를 주세요. 그리고 두 분은 백옥궁의 무공을 사용하지 않으시면 되요. 그럼 저희는 이대로 백옥궁으로 물러날 거예요."

임아령의 말에 조반옥의 안색이 바뀌었고 소양양의 표정도 굳어졌다. 빙옥신공의 비급과 청향비를 주는 일은 어렵지 않으나 문제는 백옥궁의 무공을 쓰면 안 된다는 점이었다.

"까다로운 부탁이군."

"어려운 부탁은 아니라고 생각해요."

임아령의 말에 조반옥은 시선을 가내하에게 돌렸다.

"네 생각이지?"

가내하가 그 말에 고개를 끄덕였다.

"예. 제가 생각했어요. 저희 문제를 아무런 잡음 없이 해결할 수 있는 유일한 방법이지요."

"어릴 때부터 꾀가 많았지."

조반옥이 가내하의 말에 슬쩍 미소를 보였다. 듣고 보니 그렇게 나쁜 제안도 아니었다. 곧 조반옥은 자리에서 일어섰다.

"동생과 상의를 좀 해야겠다."

"기다릴게요."

임아령의 대답에 조반옥은 소양양과 함께 방 안으로 들어갔다.

"공기를 차단했어요."

종미미가 그녀들의 말소리를 듣기 위해 귀를 기울이다 말했다. 방 안의 공기를 차단하면 아무리 지청술이 뛰어나도 들을 수가 없게 된다.

"어떻게 될 거 같아요?"

가내하가 임아령에게 묻자 임아령은 고개를 저었다. 자신이 숙모님들의 입장이라도 쉽게 결정할 수 없는 부탁을 하는 것이었기에 단언할 수 없었다.

들어주면 좋지만, 그렇지 않다면 이곳에서 다시 한 번

두 숙모들과 싸워야 한다.

얼마 지나지 않아 조반옥과 소양양이 방을 나와 내실로 들어왔다. 둘은 곧 자리에 앉았고 조반옥이 품에서 빙옥신공을 꺼내 탁자 위에 올려놓았다. 소양양도 청향비를 탁자 위에 올려놓으며 임아령의 앞으로 밀었다.

"비급과 청향비를 주겠다."

임아령은 조반옥의 말에 곧 비급과 청향비를 품에 챙겼다. 그 모습을 지켜보던 조반옥은 다시 말했다.

"하지만 내력을 없애는 일은 어려울 것 같구나."

"그렇다면 저희는 싸워야겠군요."

가내하가 말하자 조반옥은 씁쓸한 표정으로 말했다.

"지금 나이에 다른 무공을 익히기에는 너무 늦었어. 거기다 구주성은 아직 안정을 찾지 못한 상태다. 무엇보다 이제 하나가 된 빙옥신공을 지우라는 말은 나보고 자결하라는 뜻과 같지. 대신 절대 타인에게 백옥궁의 무공을 알려주지 않을 것이고 또한 백옥궁의 이름에 누가 되는 일도 하지 않을 터이니 걱정하지 말거라."

"두 분께서 그리 정하신 건가요?"

"그래."

임아령의 물음에 조반옥이 대답했고 소양양도 고개를 끄덕였다. 곧 조반옥은 소매에서 서찰 하나를 꺼내 임아령의 앞으로 밀었다.

"그리고 이걸 큰언니에게 전해줘라. 그걸 전해주면 큰언니도 너희를 탓하지 않을 것이다."

"음……."

임아령은 그녀가 내민 서찰을 잠시 바라보며 안의 내용이 어떤 내용인지 궁금하였다. 하지만 조반옥의 서찰을 궁주가 아닌 자신이 먼저 볼 수도 없는 일이었다.

"백옥궁의 무공을 전수하지 않을 테니 우리가 죽으면 자연스럽게 궁의 무공은 사라질 테지…… 그 정도만 생각해준다면 쉽게 끝날 것 같다."

소양양이 좀 전과는 달리 조금 부드러운 표정을 보였다. 임아령은 잠시 아미를 찌푸리다 곧 서찰을 품에 넣으며 말했다.

"알겠어요. 두 분의 뜻을 전하지요."

"고맙다."

조반옥이 정말 고맙다는 표정으로 미소를 보였다.

"먼 길 왔으니 피곤하지? 자리를 마련할 테니 좀 쉬거라."

조반옥이 부드럽고 나긋한 어조로 말을 건넸다. 지금까지 마음속에 자리 잡았던 무거운 짐이 없어진 듯 개운해 보이는 모습이었고 맑은 눈빛이었다.

너무 순식간에 바뀌어 이질감이 느껴졌지만 임아령은 순수한 그 눈빛에 악의가 없다는 것을 읽었다.

"그렇게 할게요."

그녀의 대답에 조반옥은 곧 사람을 시켜 쉴 곳을 마련하게 하였고 소양양은 수하들을 모두 제자리로 돌려보냈다.

저녁이 되자 임아령과 가내하와 종미미는 함께 식사하기 위해 다시 조반옥의 거처에 모습을 보였다. 방 안에 들어온 그녀들은 조반옥과 함께 녹사랑과 천연성이 있자 인사를 나누었다. 곧 그들은 자리에 앉아 식사를 함께하였다.

천연성은 백옥궁에서 온 손님들의 빼어난 미모에 감탄하고 있었다. 하지만 쉽게 접근하기 어려운 차가운 기운을 은연중에 뿜어내고 있어 대화를 주도하지는 못하였다.

"천 원주님은 강호의 정보에 능통하시다구요?"

가내하가 식사 중에 묻자 천연성이 얼굴을 붉히며 대답했다.

"물론이오. 구주성에서 모든 정보를 담당하고 있으니 강호의 정보에도 자연 능통하지 않겠소? 가 소저께서 궁금한 것이 있다면 해결해드리지요."

천연성이 자신 있다는 듯 말하자 가내하가 빠르게 물었다.

"그럼 무적명이 누구인지 알고 계신가요?"

"……!"

그녀의 물음에 모두의 안색이 굳어졌다. 천연성이 좀 전과는 달리 표정을 바꾸며 물었다.

"무적명은 정파 그 자체라고 보셔야 하오. 그런데 무적명에 대해 묻는 이유가 무엇인지 물어도 되겠소이까?"

"장백파의 일 때문에 그래요. 장백파가 괴멸할 때 조사당에 무적명이란 글자가 쓰여 있었어요."

"저런……."

"장백파라면 백옥궁과 친분이 두터운 곳이 아니더냐? 그런 장백파가 괴멸했다니……. 믿기 힘들구나."

조반옥은 그 이야기를 처음 듣는다는 표정으로 말했다. 천연성이 고개를 끄덕이며 대답했다.

"장백파가 괴멸했다는 소식은 알고 있었소이다. 하지만 본 궁과는 관련 없는 사건이었기에 신경 쓰지 못하였소. 하지만 무적명이 그랬다면 분명 삼도천에서 한 짓일 것이오."

"삼도천?"

삼도천이란 말에 임아령을 비롯한 가내하와 종미미가 눈을 반짝였다. 천연성이 고개를 끄덕이며 다시 말했다.

"무림의 실질적인 맹주라 할 수 있는 곳이오."

"그런 곳이 있다는 말은 처음 들어요."

"중원과 멀리 떨어진 백옥궁에선 당연히 듣지 못했을

것이오. 하지만 삼도천은 실제 정도무림의 하늘이오."

천연성이 가내하의 말에 빠르게 대답한 후 젓가락을 내려놓고 차를 마셨다. 녹사랑이 말했다.

"이분들이 원하는 모든 정보를 제공해주게나."

"그렇게 하지요."

천연성이 녹사랑의 말에 미소를 보였다. 곧 천연성이 세 미녀를 기분 좋은 표정으로 둘러보며 말했다.

"무적명은 삼도천의 천주로 그 무공은 가히 천하에 대적할 자가 없다고 하오. 그리고…… 음, 이야기가 길어질지도 모르고 또한 나 역시 정보를 찾아봐야 할지도 모르니 자리를 옮겨 태정원에서 이야기를 나누는 것이 어떻겠소이까?"

"좋아요."

가내하가 눈을 반짝이며 대답하자 종미미도 고개를 끄덕였다. 곧 그녀들은 천연성과 함께 태정원으로 향했다.

*       *       *

장권호는 강호 자체가 초행이었기에 무이산으로 가는 길이 더딜 수밖에 없었다. 서영아 역시 강남은 초행이었기에 장권호와 다를 게 없었다.

눈앞에 보이는 마을이 어떤 마을인지도 모르고 그저 마

을이기에 안으로 들어온 장권호와 서영아는 마을에서 유일한 객잔에 방을 잡고 식사를 하였다. 점소이의 말로 마을 이름이 명촌이란 것을 알게 된 둘은 무이산이 어디에 있는지도 물었다.

점소이는 동쪽으로 보름 이상은 가야 높은 산들이 나오는데 그곳이 무이산이라 말해주었다. 점소이의 추상적인 대답을 듣고 방으로 돌아온 장권호는 침상에 걸터앉아 창밖을 바라보았다.

서영아도 뒤따라 들어와 맞은편 침상에 앉았다.

"소문을 들어보니 구주성주와 모용세가의 모용화가 혼인을 한 모양이에요."

"빠르군."

장권호는 구주성주가 모용화와 혼인을 할 거란 소식을 접한 지 얼마 안 되었다고 생각했다. 그런데 혼인을 맺었다는 말에 그 둘의 일이 번개같이 진행되었음을 알았다. 하지만 크게 관심을 가져야 할 대상들이 아니었기에 흥미를 보이지는 않았다.

지금 그에게 가장 중요한 것은 무이산에 가는 일이었다. 그곳에서 장백파를 습격한 흉수를 알아내야 했다. 서영아도 장권호가 흥미를 보이지 않자 곧 말을 멈추었다. 자기가 생각할 때는 상당히 흥미 있는 이야기들이었으나 그가 흥미를 안 보이면 말할 이유가 없었다.

잠시 앉아 있던 서영아는 자리에서 일어나 차를 따라 장권호의 앞에 내밀었다.

"할 일이라도 찾는 어린아이 같다."

장권호의 말에 서영아는 시선을 피하며 고개를 숙였다. 익숙지 않은 행동을 했다는 것을 자신도 잘 알기 때문이다. 단지 뭔가 해야 할 것 같아 행동한 것뿐이었다.

"사실 이렇게 해가 떠 있는 낮에 활동하는 게 익숙하지가 않아요. 늘 그늘에서 숨어 있었으니까요."

서영아의 말에 장권호는 그녀가 아직 과거의 기억에서 벗어나지 못했단 것을 알았다. 그렇다고 특별히 해줄 말이 있는 것도 아니었다. 자신이 말을 한다고 해서 그녀의 문제가 해결되는 것은 아니기 때문이다. 어차피 시간이 지나면 자연스럽게 해결될 문제라고 여겼다.

"귀문에서 살았던 기억은 과거일 뿐이니 지워버리고 탈퇴환골하는 순간 다시 태어났다는 생각으로 새롭게 인생을 사는 것도 나쁘지는 않을 거다."

장권호의 말에 서영아는 고개를 끄덕였다. 장권호의 말처럼 새롭게 사는 것도 나쁘지는 않기 때문이다.

"물론 원한도 모두 잊어야겠지."

"그건……."

장권호의 말에 서영아는 잊기 힘들다는 듯 시선을 피해 의자에 앉았다. 그 모습을 물끄러미 바라보던 장권호는 시선을 돌려 창밖을 바라보았다. 서영아의 불안정한 자세에서 느껴지는 살기가 그녀가 가진 원한의 깊이를 말해주었기에 더 이상 입을 열지는 않았다.

"아직도 밤마다 그 개 같은 것들의 꿈을 꾸지요."

"악몽이군."

"악몽이라면 좋겠지만, 그건 현실을 되풀이하는 것이었어요. 비록 지금은 벗어났지만 과거의 일이 지워지는 것은 아니에요. 지금도 죽이고 싶다는 생각뿐이에요. 그런데 막상 그 여자의 앞에 서면 몸이 말을 안 들어요. 조금만 움직이면 죽일 수가 있는데, 이제 내 원한도 끝이 나는데 왜 그런지 그 여자의 앞에 서면 몸이 잘 안 움직여요. 너무 흥분해서 그런 것일까요? 제 감정조차 주최하지 못할 만큼?"

서영아는 어금니를 깨물며 말했다. 자기 스스로 생각을 해봐도 왜 추소려의 앞에 서면 몸이 잘 안 따라주는지 궁금했다.

조그만 움직이면 자신의 원한이 끝나는데 그러지를 못하였다. 너무 큰 흥분감과 곧 복수를 한다는 기대감 때문일까?

추소려를 만나 느낀 것은 자신의 나약함이었다. 복수 상대보다 강해졌는데도 그녀의 앞에 서면 과거에 사로잡혀 제 실력을 발휘하지 못하였다.

"지금은 그저 때가 아니라고 생각할 뿐이에요."

서영아는 깊은 한숨과 함께 말을 한 후 차를 마셨다.

장권호는 그녀의 말에 고개를 끄덕이다 사람들 사이로 일단의 무림인들이 지나가는 모습을 발견하고 눈을 반짝였다. 그들은 불과 다섯 명이었지만 느껴지는 기운은 강맹하고 날카로웠다. 상당한 수련을 거친 고수들로 보였으며 붉은 무복에 붉은 피풍의를 둘렀고 가슴에는 천(天)자가 쓰여 있었다.

'삼도천.'

장권호는 직감적으로 그들이 삼도천의 고수라는 것을 알았다. 전에 만난 검은 무복의 고수들과 색만 다를 뿐, 비슷한 복장이었기 때문이다.

"영아."

"예?"

원한을 떠올리며 과거의 일과 추소려에 대한 복수를 생각하던 서영아는 갑작스럽게 자신의 이름을 부르는 장권호의 부름에 놀라 일어섰다.

"왜 그러세요?"

그가 자신의 이름을 이렇게 부른 적은 처음이었기에 자신도 모르게 가슴이 뛰었다. 하지만 장권호는 창밖을 바라보며 말했다.

"저기 가고 있는 붉은 옷의 사내들을 따라가야겠다. 추적술은 내 전문이 아니니 네가 좀 수고해야겠어."

"저들이요?"

서영아가 그 말에 창가로 다가와 객잔을 지나 걸어가는 홍의인들을 바라보며 물었다.

"그래. 삼도천이 분명하다."

"예. 지금 갈까요?"

"그렇게 해."

"그럼 어떻게 만나야 하지요?"

"표식을 해두면 쫓아갈 테니 걱정하지 마라."

서영아가 그 말에 고개를 끄덕이며 다시 말했다.

"그럼 표식은 청색 끈으로 할게요."

서영아가 자신의 소매를 들어 보이며 같은 색을 강조했다. 장권호는 고개를 끄덕였고 곧 서영아가 바람처럼 밖으로 사라졌다. 그녀가 완전하게 모습을 감추자 장권호는 역시 그녀의 은신술이 대단하다고 생각했다. 눈 한 번 깜빡이는 사이에 그녀의 기척이 사라졌기 때문이다.

\*　　　\*　　　\*

명촌에서 멀지 않은 야산에 자리한 관제묘 안에는 삼도천의 적혼단 오 인이 휴식을 취하고 있었다. 그들은 상당히 피곤한 표정이었고 오랜 시간 동안 긴 여행을 한 것처럼 보였다. 한쪽에는 먹다 남은 음식들이 어지럽게 놓여 있었다.

관제묘의 지붕에서 소리 없이 그들의 모습을 살피던 서영아는 조용히 숲의 그림자 속으로 숨어들어갔다. 잠을 청하는 모습을 보아하니 한동안 움직이지 않을 것이라 생각했기 때문이다.

해가 곧 서산에 넘어가려는 듯 붉은 노을을 만들어내자 한 사람의 그림자가 서영아의 옆에 나타났다. 그는 명촌을 나와 서영아를 따라온 장권호였다.

"생각보다 멀리 못간 모양이군."

"모두 피곤한지 잠을 자고 있어요."

"경계도 없이?"

"예."

대답과 함께 서영아의 모습이 나무 그림자 사이에서 나타났다. 그녀는 장권호의 뒤에 서서 관제묘를 살폈다.

"저들의 뒤를 따라가는 건가요?"

"지리를 잘 모르니 그렇게라도 해야지."

장권호의 말에 서영아는 다시 물었다.

"저들은 눈으로 보기에도 상당한 수련을 거친 자들이에요. 평범한 문파 사람들로는 안 보여요. 무이산에 도대체 무엇이 있는 건가요?"

"삼도천."

장권호의 짧은 대답에 서영아가 눈을 반짝였다. 귀문에 있을 때도 꽤 많이 들어봤고 마주치기 싫은 곳이었기 때문이다.

"무이산에만 간다고 했지 삼도천에 간다는 말은 안 하셨어요."

장권호는 서영아의 말에 고개를 갸웃거리다 말을 이었다.

"삼도천에 들어가면 쉽게 나가지는 못할 거야. 그래도 괜찮나?"

"제 걱정은 안 하셔도 되요. 도망치기로 마음먹으면 어떻게 해서라도 도망칠 자신은 있으니까요."

"안심이군."

장권호는 서영아의 자신에 찬 말에 미소 지었다.

어느덧 해가 지고 어둠이 깔리기 시작하자 관제묘에서도 움직임이 있었다. 휴식을 취하던 적혼단원들이 하나둘 모습을 보이더니, 곧 완연한 어둠이 세상을 지배하자 경공과 함께 멀어져갔다.

"가지."

장권호는 그들이 오십여 장 앞서 나가자 곧 신형을 움직였고 서영아가 그 뒤를 따랐다.

무이산의 운성곡(雲聖谷)으로 들어가는 입구에는 삼 장

에 달하는 높은 담장과 함께 많은 고루거각(高樓巨閣)들이 즐비하게 늘어서 있었다.

　명촌에서 적혼단을 쫓은 장권호는 불과 삼 일 만에 삼도천의 입구에 도착할 수가 있었다. 적혼단의 친절한 길 안내 덕에 쉽게 온 것이다.

　"저도 함께 들어갈까요? 아니면 기다릴까요?"

　"함께 들어가자."

　"그렇다면 모습을 감추고 싶어요."

　서영아는 삼도천이란 이름이 주는 압박감에 본능적으로 말했다. 더욱이 장권호는 삼도천이 장백파를 멸문한 원흉이라 생각하고 있었기 때문에 좋지 못한 일이 일어날지도 모른다.

　"모습을 감추려는 이유는?"

　장권호의 물음에 서영아가 빠르게 말했다.

　"만약 삼도천과 싸우게 된다면 제가 숨어 있는 게 이득일 것 같아서요. 전력을 감추면 적을 방심하게 해서 승기를 쉽게 잡을 수 있잖아요. 싸움이 시작되면 저들은 저를 모르기 때문에 오직 주인님만 공격할 거예요. 그때 제가 나타난다면 저들은 당황할 것이고 분명 허점이 생길 거라 생각해요."

　서영아의 말을 들어보니 그 방법도 나쁘지는 않을 것 같았다. 더욱이 서영아의 무공은 이미 절대고수의 반열에 올라 있는 상태였다. 그런 서영아가 든든하게 뒤에서 버텨준다면 마음이 편할 것 같았다.

"네가 나보다 낫군. 그렇게 해."

장권호가 미소를 보이며 말하자 서영아는 곧 잔상만을 남긴 채 흐릿하게 모습을 감추었다. 그녀가 은신하자 장권호는 천천히 삼도천의 정문으로 다가갔다.

*　　　*　　　*

집무실에 앉아 일을 보던 강남 제일의 미공자라 불리는 제갈수는 손님이 방문했다는 갑작스러운 소식에 미간을 찌푸렸다.

지금 이 시기에 찾아올 손님은 없었기 때문이다. 또한 예정된 손님들도 없었다. 더욱이 삼도천이라 불리는 이곳은 모든 손님들이 적어도 보름 전에는 온다는 소식을 전했다.

한데 이렇게 갑자기 손님이 왔다는 것은 예고 없이 방문했다는 것인데 그런 손님이 반가울 리 없었다.

그런데 그런 손님임에도 받았다는 것은 그만큼 명성이 높고 대단한 인물이란 반증이기도 했다. 그런 손님이 더욱 상대하기 까다로운 법이기에 미간을 찌푸린 것이다. 따끔하게 혼낼 수도 없는 인물이 분명했고, 이대로 그냥 돌려보낼 수 없는 손님이라면 당분간 자신이 돌봐야 했다.

제갈수는 자리에서 일어나 앞에 서 있는 무사에게 시선을 던졌다.

"누가 왔나?"

"장권호라 합니다."

"음……."

제갈수는 자신의 예상처럼 어중이떠중이가 아니라는 사실에 고개를 끄덕였다. 웬만한 인물이라면 눈도 깜짝 안 할 그였지만 장권호의 명성은 그를 가만두지 않았다.

"곧 갈 테니 정중히 모시고 있거라."

"예."

무사가 대답 후 밖으로 나가자 제갈수는 곧 비둘기 한 마리를 꺼낸 뒤 번개처럼 전서에 몇 글자를 적더니 비둘기를 창밖으로 날렸다.

푸드득!

전서를 다리에 단 비둘기는 높은 하늘로 솟구치더니 어느새 점으로 변해 사라져버렸다.

제갈수는 곧 섭선을 손에 쥐고 천천히 객청으로 향했다.


객청으로 들어오는 깨끗한 백의 미청년의 모습에 장권

호는 의외라는 듯 눈을 반짝였다. 삼도천의 총관이 자신과 비슷한 연배의 청년이란 점에서 놀란 것이다.

"삼도천에 오신것을 환영하오. 본인은 제갈수라 하오. 삼도천에선 전비(戰神)로 불린다오."

제갈수의 인사에 장권호도 인사했다.

"장권호라 하오."

장권호의 인사에 제갈수는 자리를 권하며 함께 앉았다.

손수 장권호의 찻잔에 차를 따르던 제갈수가 주전자를 내려놓으며 말했다.

"장 대협의 명성은 익히 들어 알고 있소이다. 이렇게 삼도천에 방문한 것을 환영하는 바이오. 전혀 예정에 없던 갑작스러운 방문이라 사실 좀 당황했다오."

"연락할 방법을 몰라 그런 것이니 이해하시기 바라오."

제갈수가 그 말에 미소를 보이며 섭선을 펼쳐 부채질을 하였다. 전비라는 그의 별호와는 다르게 그의 미소는 상당히 부드러웠다.

"드시오. 최고급 용정차라오."

"감사하오."

장권호는 제갈수의 권유에 차를 마신 후 음미하듯 고개를 끄덕였다.

하지만 차에 대한 이렇다 할 지식도 가치도 모르기에 물처럼 생각했다.

"그런데 장 대협께선 삼도천에 어떤 볼일이 있어 온 것이오?"

제갈수의 물음에 장권호는 찻잔을 내려놓으며 말했다.

"사람들에게 들으니 삼도천이 강호의 질서를 유지하기 위해 상당히 노력한다 하여 찾아온 것이오."

"장 대협도 강호의 질서 유지에 관심이 높은 모양이오? 과거에는 무림맹이 있었지만 무림맹이 사라진 지금 삼도천이 정의의 이름으로 움직이는 것은 사실이오."

"그 삼도천이 변방무림에는 가혹하다 들었소."

장권호의 물음에 제갈수의 안색이 바뀌었으나 그것은 찰나였다. 그의 눈빛은 여전히 부드러웠고 별반 달라지지 않았다.

"변방무림이라…… 변방에 무림이 있소이까? 무림은 강호에만 존재하고 강호는 중원으로 불릴 뿐이오."

제갈수의 말에 장권호는 담담한 눈빛으로 고개를 끄덕였다.

"장백파의 일은 알고 있소?"

제갈수는 고개를 끄덕였다.

"소식은 들었소이다."

"그렇다면 그 흉수가 무적명이란 것도 잘 알 것이라 여기오. 듣자하니 삼도천에 무적명이 있다 하는데 사실이오?"

"그건 모르는 일이오. 또한 장백파의 일과 우리 삼도천은 아무런 관련이 없소이다."

"그렇소?"

"물론이오. 장백파의 일이라…… 강호의 일이라면 자세히 알 수 있으나 장백파는 강호가 아니라서. 후후, 솔직히 잘 모른다오."

제갈수의 말에 장권호는 그저 고개만 끄덕였다. 제갈수의 도발에 특별히 대응할 생각이 없었기 때문이다.

그가 장백파를 변방 취급해도 특별히 화가 나지 않았다. 이들의 입장에서 보면 장백파는 분명 변방이기 때문이다.

"알아볼 수는 없겠소? 듣자하니 삼도천만큼 힘이 있는 강호의 문파도 없다 들었소."

"알겠소이다. 부탁하신다면 알아보겠으나 기대는 하지 마시오."

"고맙소."

"그런데 장 대협의 손에 귀문주가 죽었다고 하는데 그 말이 사실이오?"

제갈수가 호기심 어린 표정으로 묻자 장권호는 손을 저었다.

"그렇지 않소. 과장된 소문일 뿐…… 귀문주는 스스로 약속을 지키기 위해 자결한 것뿐이오. 그는 대단한 인물이었소."

그 말에 제갈수는 눈을 반짝였다. 귀문주가 그의 손에 죽은 게 아니라는 말 때문이다.

그렇다면 그의 무공에 대한 생각을 조금 달리해야 했다. 귀문주가 그의 손에 죽은 것과 자결했다는 것은 분명 큰 차이가 있었다.

"그렇다곤 하나 분명 귀문주가 장 대협과의 비무 후 죽은 것은 사실이오. 그러니 장 대협이 강호에 큰 영향을 준 것이지요. 이곳에 머무는 동안 최대한 불편함이 없도록 하겠소이다. 혹여 불편한 점이 있다면 언제라도 말씀하시오. 최선을 다해 돕겠소이다."

"감사하오."

장권호의 인사에 제갈수는 곧 자리에서 일어섰다. 장권호도 자리에서 일어나 제갈수의 안내를 따라 숙소로 이동했다.

숙소는 귀빈들이 머무는 별실로 안내되었다. 높은 담장과 함께 독채로 이루어진 별실은 조용했고 주변에 오가는 사람조차 없었다.

"이곳에 머무는 동안 편히 쉬기 바라오."

"크게 신경 쓰지는 마시오. 그냥 객식구일 뿐이니 말이오."

"장백파의 문제는 알아볼 테니 기다리시오."

"고맙소."

장권호 말에 제갈수는 포권을 한 후 신형을 돌렸다.

제갈수가 대문 밖으로 나가자 집 안으로 들어온 장권호는 내실에 놓인 의자에 앉았다. 곧 장권호는 미간을 찌푸리다 입을 열었다.

"옆에 있나?"

"예."

스륵!

가벼운 옷자락 움직이는 소리와 함께 서영아가 모습을 보였다. 그녀는 무표정한 얼굴로 입을 열었다.

"기분 나쁜 곳이네요."

서영아는 제갈수의 태도가 상당히 건방지다고 여겼다. 마음 같아서는 단번에 목을 따고 싶었으나 장권호가 있었기에 그러지 못하였다. 자기도 제갈수의 변방무림인이라고 대놓고 무시하는 처사에 화가 나는데 장권호는 어떻겠는가? 장권호가 참았다면 따로 생각이 있을 것이라 여겨 참은 것이다.

"제갈수라 했지?"

"네."

장권호의 물음에 서영아가 대답했다. 그녀는 곧 장권호가 자신에게 어떤 명령을 내릴 거라 생각했다. 그리고 그녀의 예상처럼 장권호가 말했다.

"그자의 방에 가서 누구와 만나고 어떤 대화를 나누는지 좀 알아봐주면 좋겠어."

"그렇게 할게요."

서영아는 대답과 함께 모습을 감추었다.


자신의 집무실로 들어온 제갈수는 의자에 앉으며 방 안에 먼저 들어와 서 있는 적혼단의 단주 홍안객(紅顔客) 노강주를 바라보았다.

노강주는 삼십 대 후반의 인물로 그의 별호처럼 얼굴빛이 붉었다. 그건 그의 무공이 양(陽)의 무공이란 증거이기도 했다. 실제 그는 화정신공(火正神功)이라 불리는 극양의 무공을 익힌 고수였다.

"적혼단은 다 복귀한 모양입니다?"

제갈수가 묻자 노강주가 의자에 앉으며 고개를 끄덕였다.

"오늘 모두 복귀했네."

"적혼단이 가장 빨리 복귀했군요. 고생하셨습니다."

"고생할 게 있었나? 오랜만의 일이라 기대했는데 모용세가와 구주성이 그렇게 뒤로 빠질 줄은 몰랐네. 헛수고만 한 셈이지."

기대한 만큼 일이 없자 조금 실망한 표정으로 노강주가 말했다. 하지만 그가 복귀한 이유는 따로 있었다. 신검록 때문이다. 그 사실을 제갈수에게는 알리지 않았다. 무천자에게 따로 받은 명령이기 때문이다. 제갈수는 그 말에 미소를 보였다.

"강호의 일이야 알 수 없는 게 아니겠습니까? 저는 오히려 희생자가 없어서 다행이라 생각합니다."

노강주는 제갈수의 말에 대답 없이 차를 마신 후 화제를 돌렸다.

"듣자하니 좀 전에 장권호가 찾아왔다고 들었네. 사실인가?"

"그렇습니다."

"그자가 왜 왔는지 아나?"

"장백파 일 때문에 왔겠지요. 하지만 우리가 모른다고 한다면 알아낼 방법이 없을 것입니다. 그렇다고 아니라고 우기는 우리와 싸울 성격도 못 됩니다."

"훗!"

제갈수의 말에 노강주는 가볍게 미소를 보였다. 장권호와 신검록은 깊은 관계가 있기 때문이다.

"그렇다고 이곳에 계속 머물게 하는 것도 좋은 방법은 아닌 것 같네."

"그 말도 일리 있습니다. 그래서 공천자님께 전서를 보냈습니다. 조만간 그분께서 소식을 보낼 것입니다. 저는 그분의 지시대로 하는 게 옳다고 생각됩니다."

"알겠네."

제갈수의 말에 노강주는 고개를 끄덕이며 자리에서 일어섰다.

"그럼 나는 가서 쉬겠네."

"예. 특별한 일이 있으면 알리겠습니다."

"그러게나."

노강주는 대답과 함께 밖으로 나갔다. 그가 나가자 제갈수는 또다시 전서를 적어 밖으로 날렸다. 비둘기가 날개를 펄럭이며 밖으로 날아가자 제갈수는 곧 의자에 앉았다.

적혼단을 비롯한 전력의 반이 사라진 묵혼단도 복귀한 상태였고 그 외에 귀혼단과 청혼단이 현재 오는 중이었다. 백혼단은 예비전력이었기에 삼도천에 남아 있었다.

푸드득!

나무 사이에서 잠시 쉬던 비둘기는 날개를 펄럭이는 순간 사람의 손에 잡혔다.

휘리릭!

바람 소리와 함께 비둘기를 들고 내려선 인물은 서영아였다.

그녀는 전서를 꺼내 빠르게 읽은 후 곧 전서구 통에 다시 넣고 하늘로 던졌다.

푸드드득!

날개를 펄럭이며 하늘 높이 날아가는 비둘기의 모습이
산 넘어로 사라지자 서영아는 삼도천으로 향했다.


**급(急) 귀환(歸還)!**


'귀환하라는 것은 밖에 나간 삼도천의 무사들을 뜻하는
것인가? 그렇다면 전서구가 더 많아야 할 텐데 왜 하나만
보냈지? 다른 곳에서 사방으로 보내는 모양이군······.'

서영아는 혼자 생각하며 빠르게 움직였다.

제7장

사실을 알다

어둠이 내린 삼도천 안으로 스며든 서영아는 조심스럽게 경비무사들을 뚫고 장권호의 거처로 숨어들었다.

잠시 지붕의 그림자에 몸을 뉘인 그녀는 어두운 밤하늘을 바라보며 눈을 깜빡였다. 하늘엔 별과 달이 떠 있었고 구름도 바람을 타고 마치 흐르는 강물처럼 흘러가고 있었다.

'기분이 좋아.'

서영아는 자신도 모르게 미소를 입가에 걸었다. 기분이 좋은 건 특별한 날이라서 그런 것도 아니었고 그렇다고 좋은 일이 생겨서도 아니었다.

단지 장권호가 자신을 믿어준다는 기분이 들어서였다.

누구도 지금까지 이렇게 자신을 신뢰하고 일을 시킨 적이 없었다. 더욱이 장백파와 관련된 중요한 일이었다.

그런 일을 맡겼다는 것 자체만으로도 기분이 좋았다. 그만큼 자신을 생각한다고 여겨졌기 때문이다. 잠시 그렇게 밤하늘을 바라보던 서영아는 곧 몸을 움직여 안으로 들어갔다.

창을 통해 소리 없이 방 안으로 스며든 서영아는 여전히 내실에 앉아 있는 장권호의 모습을 보곤 불빛의 그림자에 몸을 기대었다.

혹시라도 자신의 그림자가 밖에 노출되어 다른 사람의 눈에 띌 것을 의식해서 행동했다. 그러자 장권호가 자리에서 일어나 불을 껐다.

불빛이 사라진 방 안은 완전한 어둠에 잠겼고 사람의 그림자조차 보이지 않았다. 장권호의 행동에 서영아는 그가 자신을 배려했다는 생각에 기분 좋은 마음으로 다가와 섰다.

"다녀왔어요."

"갔던 일은?"

장권호의 물음에 서영아는 빠르게 대답했다.

"제갈수의 방에는 삼십 대 후반으로 보이는 붉은 얼굴의 인물이 있었는데 그자와 대화하는 것을 들었어요."

"그래?"

"네."

서영아는 고개를 끄덕인 후 다시 말했다.

"장백파의 말이 나왔기에 집중하고 들었는데 연관이 있는 게 틀림없어요. 제갈수는 삼도천과 장백파가 아무런 관련이 없다고 말할 거라 했어요. 그렇게 말하면 주인님의 성격상 물러갈 거라 했어요."

"흠……."

서영아의 말에 장권호는 안색을 바꾸며 의자에 앉았다. 제갈수가 자신을 속였다는 사실을 알게 되자 기분이 나빠진 것이다. 그렇다고 크게 화를 내지는 않았다. 지금 이 자리에서 화를 낸다고 해서 달라질 것은 없기 때문이다.

"그 외에는?"

"전서를 날리기에 밖으로 쫓아가 잡았어요. 그것 때문에 조금 늦은 거예요. 전서의 내용은 귀환하라는 짧은 내용이었는데 아무래도 삼도천의 전력이 밖에 나가 있는 모양이에요. 그들을 다시 불러 모으려는 의도가 분명해요."

서영아의 말에 장권호는 재미있다는 표정으로 눈을 반짝였다. 제갈수가 자신을 죽이려 할지도 모른다는 생각이 들었다.

"제갈수가 나를 속였다면 삼도천이 장백파를 공격한 것이 분명하군."

"분명해요. 하지만 증거가 없어요. 장백파를 공격했다

는 증거라곤 무적명이라 써 있던 글귀뿐······. 그 외에는 없잖아요. 좀 더 조사를 해볼까요?"

서영아의 물음에 장권호는 미간을 찌푸리며 고개를 저었다. 섣불리 움직였다가 서영아에게 문제라도 생기면 안 되기 때문이다.

"잠시 어떻게 나올지 구경하기로 하지."

장권호의 말에 서영아는 아미를 찌푸리며 말했다.

"이곳에 오래 머물 필요는 없어 보여요. 제갈수가 의도적으로 거짓말을 했다는 건 분명 불순한 의도가 있어서 그런 것이에요. 그러니 떠나는 게 낫지 않을까요? 위험은 피하라고 했잖아요?"

걱정스러운 듯 서영아가 말을 하자 장권호는 고개를 저었다. 그럴 필요가 없었기 때문이다. 그리고 애초에 이곳에 온 목적은 단 하나였다.

"장백파를 공격한 곳은 삼도천이다. 그 사실을 확인해야지."

장권호의 말에 서영아는 입을 닫았다. 장권호는 곧 침실 문을 열고 말했다.

"들어가서 자. 나는 여기서 잘 테니."

"아니에요. 절대 그러면 안 돼요. 저는 그냥 발밑에서 잘 테니 제 걱정은 하지 마시고 편히 주무세요."

말도 안 된다는 표정으로 서영아가 손을 흔들자 장권호

는 인상을 찌푸리며 다시 말했다.

"이건 내 명령이라 생각하고 들어."

"……알겠어요."

서영아가 마지못해 대답하고 방 안으로 들어갔다. 그녀
가 들어가자 장권호는 의자에 앉은 후 곧 눈을 감았다.

      \*        \*        \*

남창의 외곽에 자리한 작은 봉천장으로 꽤 많은 무인들
이 비슷한 복장을 하고 모여들었다. 그들은 삼도천의 고
수들로 무이산으로 복귀 중에 휴식을 취하기 위해 들른
것이다. 봉천장은 삼도천의 비밀 분타 중 한 군데로 평소
에는 거의 사람이 없는 빈 곳이었다.

이른 아침에 이곳 봉천장에 도착한 공천자는 편안한 마
음으로 휴식을 취하고 있었다. 하지만 곧이어 날아든 전
서에 미간을 찌푸릴 수밖에 없었다.

"생각보다 빠르군."

공천자는 장권호가 도착했다는 내용의 전서를 곧 불에
태운 후 차를 따라 마셨다. 분명 장권호는 자신에게 있어
서 상당히 껄끄러운 존재였다. 기회가 있을 때 제거하지
못한 게 실수라면 실수였다.

"청입니다."

문밖에서 들리는 목소리에 공천자는 시선을 돌렸다.

"들어 오거라."

"예."

공천자의 말에 곧 양청이 모습을 보였다. 그가 빠른 걸음으로 공천자의 앞에 다가와 의자에 앉자 공천자가 말했다.

"무천자와 정천자는 현재 어디에 있나?"

"무천자님은 화산에 가셨고 정천자님은 현재 태산에 계십니다."

"보름 안에 무이산으로 부르는 것은 무리군."

양청의 말에 공천자는 정천자와 무천자의 부재가 아쉽다는 표정으로 수염을 쓰다듬었다.

문득 공천자는 장권호가 대단한 인물이라 생각했다. 이렇게 자신을 고민스럽게 만드는 인물은 강호에도 그리 많지 않았기 때문이다.

"천주님의 위치는?"

"현재 복건성 남부에 자리한 외촌에 머물고 계십니다. 십 일 후면 무이산에 도착할 것으로 예상됩니다."

"다행이군."

공천자는 그나마 천주가 아직 멀리 있다는 것에 안도했다. 곧 공천자가 다시 말했다.

"너는 지금 즉시 정천자를 데리고 삼도천으로 오거라.

신검록이 사라졌다고 말하면 정천자도 올 것이다."

"알겠습니다."

양청은 공천자의 말에 재빨리 자리에서 일어나 밖으로 나갔다.

정천자 강규는 외부와 거의 대화하는 일이 없었다. 소식을 전하려면 사람이 직접 가야 했기에 양청을 보낸 것이다. 양청이 나타나면 공천자의 심부름꾼이란 사실을 그도 알 것이다. 무천자는 전서로 소식을 전할 생각이었다.

책상에 앉아 전서를 쓰던 공천자는 문밖에서 발소리가 들려오자 잠시 붓을 멈추었다.

"풍비입니다."

"들어오거라."

풍비의 목소리에 공천자는 다시 전서를 쓴 후 비둘기를 꺼내와 전서를 날렸다. 풍비는 의자에 앉은 채 공천자의 행동을 유심히 지켜보고 있었다. 곧 공천자가 신형을 돌려 풍비를 바라보다 짧은 숨을 내쉰 후 의자에 앉았다.

"실패했다고 들었다."

"면목 없습니다."

풍비는 공천자의 말에 고개를 숙였다. 그의 말에 변명할 여지가 없었기 때문에 더더욱 고개를 들지 못하였다.

"대충의 이야기는 묵혼단에게서 들었다. 꼴사나운 모습까지 보여줬다고 하더구나."

"그건…… 그자의 무공이 그리 대단할 줄 몰랐습니다."

풍비의 말에 공천자는 고개를 저었다.

"알면서도 당한 거겠지. 자만했을 테니까."

공천자의 날카로운 말에 풍비는 입을 닫았다.

"멍청한 놈."

공천자의 타박에 풍비는 저도 모르게 어깨를 떨었다. 세상에서 가장 듣기 싫은 말이 있다면 그것은 공천자의 입에서 나오는 욕일 것이다. 공천자는 곧 담담한 표정으로 물었다.

"신검록은?"

"신구희는 죽으면서 신검록을 숨긴 장소를 장권호에게 말했다고 합니다. 장권호는 그걸 미끼로 저에게 삼도천에 관한 정보를 물었습니다."

"그래?"

공천자의 눈빛이 날카롭게 변하였다. 풍비는 재빨리 다시 말했다.

"정보를 주기는 했지만 중요한 정보는 말하지 않았습니다. 그 점은 걱정하실 필요 없습니다."

"네놈을 살려준 것으로 보아하니 상당히 자비로운 사내야."

공천자는 풍비를 살려 보낸 장권호의 마음이 여리다고 생각했다. 그런 마음은 무인에게 치명적인 약점이 될 수도 있다.

"그래서 그 장소를 들었나?"

"못 들었습니다. 그자가 저를 속였기 때문에……. 지금
도 그때를 생각하면 이가 갈립니다."

풍비가 은연중 살기를 보이자 공천자는 그가 상당히 분
노하고 있다는 것을 알았다. 하지만 그런 감정적인 문제
보다 신검록이 더욱 중요한 일이었다.

"결국 신검록을 얻으려면 그놈의 입을 열어야 한다는
말인데……. 입을 열려 해도 너무 강한 놈이라 그것도 쉽
지 않지."

공천자는 자신에게 말하듯 중얼거린 후 곧 풍비에게 시
선을 던졌다.

"너는 삼도천으로 가서 장권호의 근처를 맴돌아야 한
다. 그자는 분명 신검록이 있는 장소로 갈 터이니 그자가
신검록을 가지는 순간 내게 알리거라. 절대 쓸데없이 나
서지 말고."

"알겠습니다."

"그만 가봐."

"예."

풍비가 자리에서 나가자 공천자는 혀를 몇 번 차더니
품에서 책을 두 권 꺼냈다. 그 책은 신검록의 중권과 하권
으로 현재는 공천자의 손에 들려 있었다. 공천자는 미간

을 찌푸린 채 두 권의 책을 바라보다 중권을 들어 책장을 넘기기 시작했다. 하지만 그 안의 내용이 눈에 들어오지 않았다.

"장권호, 장백파, 그리고 천주⋯⋯."

공천자는 천주의 모습을 떠올리며 짧은 숨을 내쉬었다. 곧 그는 생각을 정리한 표정으로 전서를 하나 꺼내 글 하나를 남겼다.

**사(死).**

비록 한 글자이지만 그 의미는 명확했다.

공천자는 전서를 비둘기에 달아 하늘로 날린 후 한참 동안 말없이 앉아 있었다.

      *        *        *

어두운 밤은 천지를 침묵하게 만들었다. 하지만 홍등가는 여전히 낮과 밤이 바뀐 듯 사람들로 술렁였고 늘 그렇듯 주향과 여자들의 웃음소리로 가득 차 있었다.

"삼도천으로 향했다고?"

조천천은 맞은편에 앉아 있는 추월의 말을 들은 후 눈을 빛내며 술을 한 잔 마셨다. 추월은 고개를 미미하게 끄덕이며 비어 있는 조천천의 술잔에 다시 술을 따라주었다.

"삼도천의 위치도 정확하게 알려주었으니 분명 삼도천으로 갔을 거예요. 그리고 그곳에서 일이 일어나겠지요."

"그렇겠지."

조천천은 다시 술잔을 들며 슬쩍 미소를 보였다. 하지만 그 미소는 오래가지 못했다. 의도대로 장권호가 삼도천에 갔다고 하지만 그곳에서 분탕질을 칠지는 미지수였기 때문이다. 또한 그가 죽으면 신검록의 정확한 위치도 사라지게 된다.

장권호가 강호에서 지금보다 더욱더 활발하게 움직인다면 그것만큼 좋은 일도 없을 것이다.

하지만 자신의 예상과는 달리 장권호는 조용했고 때가 아니면 거의 움직이지 않았다. 사문의 원한도 깊을 터인데 그는 침착했다.

그 점이 마음에 안 드는 부분이었지만 삼도천에 간 이상 일단 자신의 계획대로 움직였다 볼 수 있다.

추월이 말했다.

"적당한 인물인 것은 확실해요."

"그렇지."

조천천은 추월의 말에 다시 한 번 술을 마신 후 빈 잔을 내려놓았다.

"죽지 않을 만큼 적당히 높은 무공에 원한도 가지고 있지. 삼도천에서 분명 큰 싸움이 일어날 게야. 그리되면 아무리 장권호라 해도 쉽게 빠져나가지는 못할 것이네."

"동귀어진 한다면 저희도 손해가 아닌가요?"

"신검록 때문인가?"

"네."

추월은 당연하다는 듯 고개를 끄덕였다. 그녀의 관심은 신검록에 집중돼 있기 때문이다.

"그렇지 않아도 지금 수색 중에 있지. 신구희가 무이산에서 빠져나와 모습을 보였던 장소들을 조사하고 있으니 조만간 소식이 오겠지."

조천천의 말에 추월은 살짝 아미를 찌푸렸다. 신구희가 지금까지 머물던 장소를 전체적으로 수색한다는 것은 그만큼 인력이 받쳐줘야 했기 때문이다. 게다가 쓸데없이 힘을 들이는 미련한 짓이기도 했다.

"그자가 지나간 모든 길을 수색한다는 건 그만큼 힘들고 어려운 일이에요. 무엇보다 상당한 시간이 들어요."

추월의 말에 조천천은 이해한다는 표정으로 고개를 끄덕였다. 하지만 자신도 생각이 있었기에 그리한 것이다.

"신구희가 머물렀던 장소와 신검록을 숨길만한 장소를 따지면 실제 수색해야 할 장소는 몇 군데 없어. 그중에 가장 유력한 곳이 황산이더군. 그자가 들른 곳 중에 산은 오직 황산뿐이었으니까. 아무도 모르는 자신만의 창고에 넣는 거야 당연한 일이지만 창고가 없는 도둑은 자연스럽게 산을 찾게 되어 있네. 깊은 산중에 시체나 보물을 숨기는 일은 도둑들과 살인자들의 본능이라 할 수 있지."

"그런가요?"

"사람을 죽이면 본능적으로 시신을 들고 산으로 가지. 안 그런가?"

조천천의 물음에 추월은 일리 있는 말이라 생각되어 고개를 끄덕였다.

"소식이 오겠지."

조천천은 가볍게 미소를 보였다. 하지만 황산 전체를 뒤진다고 해서 나올 물건일까? 추월은 평생이 걸려도 못 찾을지도 모른다고 생각했다.

조천천은 문득 생각난 표정으로 물었다.

"그건 그렇고, 하오문주도 나를 만나기 위해 온 것을 알고 있나?"

"문주님도 모르는 일이에요. 거기다 오늘은 오랜만에 운우지락(雲雨之樂)을 나누기 위한 자리가 아니었나요?"

추월은 말과 함께 은근한 시선으로 조천천을 바라보며 자신의 치맛자락을 잡았다. 그러자 조천천이 미소를 보이며 말했다.

"우리가 이런 관계라는 사실을 다른 사람이 알면 놀라

기절할지도 모르겠어."

"천하의 풍운회주가 하오문의 계집과 야밤에 만나는 일 말인가요?"

"후후."

조천천이 추월의 말에 자리에서 일어나 그녀에게 다가 갔다. 추월도 다가오는 조천천을 피하지 않았다. 늘 이렇 게 만나면 함께 밤을 보냈다. 물론 누구도 알지 못했고, 사람들의 눈을 피해 만나는 만큼 은근히 기대가 되는 만 남이기도 했다.

조천천은 추월을 안았고 추월도 그의 손길을 거부하지 않았다.

"오랜만에 만나서 그런지 기분이 좋네요."

추월이 조천천의 품에 안기며 말했다. 그녀는 상당히 기분 좋은 얼굴로 조천천의 가슴에 얼굴을 묻었다. 그런 그녀를 강하게 안은 조천천의 손이 순간적으로 빠르게 움 직였다.

"……!"

추월은 매우 놀란 표정으로 눈을 크게 뜨고 조천천에게 시선을 던졌다. 조천천이 자신의 마혈을 눌렀기 때문이 다. 그로 인해 온몸이 마비되었고 한순간에 석상이 된 기 분을 느껴야 했다.

조천천은 가벼운 미소와 함께 한 발 뒤로 물러나 추월

에게 차가운 눈빛을 던졌다. 추월은 순간 본능적으로 등골이 서늘해지는 기분을 느껴야 했다.

"설마……."

추월은 자신도 모르게 뭔가 잘못된 것을 느낀 후 눈에 살기를 담았다.

"무슨 짓이지?"

추월의 목소리가 한순간에 변하자 조천천은 당연하다는 표정으로 품에서 단도를 하나 꺼내 들었다.

"쓸모가 없으면 버리는 성격이라서 그런 것이니 이해했으면 하네."

조천천의 말에 추월은 어이없다는 듯 그를 노려보았다.

"쓸모없어서 죽이는 게 아니라 신검록을 혼자 차지하기 위해서겠지. 더욱이 내가 죽어야 네놈이 신검록을 훔치기 위해 우리를 움직였다 사실을 숨길 수가 있을 테니까. 내가 틀렸나?"

추월의 말에 조천천은 그녀의 말이 정답이라는 듯 고개를 끄덕였다.

"솔직히 말하면 네 말이 맞아. 신검록을 나눠줄 만큼 도량이 넓은 사람은 아니라서."

슥!

단도의 끝이 추월의 목에 닿자 그 차가운 느낌에 목이 금방이라도 잘릴 것만 같았다. 추월은 눈을 감으며 체념

한 듯 말했다.

"아무리 강호가 썩었어도 풍운회의 회주에 앉은 네놈의 말 만큼은 믿었거늘……. 그토록 거대한 문파의 수장이면서 이토록 치졸할 줄이야. 나를 죽이는 게 그렇게 자신이 없었나?"

자신의 마혈을 치졸한 방법으로 제압한 일을 말하자 조천천은 낮은 목소리로 대답했다.

"귀찮아."

서걱!

말이 끝남과 동시에 조천천의 단도가 미련 없이 추월의 목을 지나쳤다. 추월은 눈을 부릅뜨다 이내 바닥으로 쓰러졌다.

조천천의 발밑으로 붉은 피가 넘쳐났으며 한순간에 방 안은 혈향으로 가득 찼다.

"흐음……."

조천천은 단도를 다시 소매에 넣으며 찝찝한 듯 술병을 들어 마셨다. 자신이 죽였지만 그래도 한때는 한 몸처럼 뒹굴던 여자였다. 또한 하오문의 절대 강자였으며 자신에게 수많은 도움을 주던 그녀였다. 그런 그녀를 죽이는 일은 자신으로서도 가슴 아픈 일이었으나 어쩔 수가 없었다.

신검록을 삼도천에게서 훔쳤다는 사실이 외부로 발설

되어서는 안 되기 때문이다.

그러한 사실이 알려지면 자신은 풍운회주의 자리에서 쫓겨날 뿐만 아니라 강호의 공적이 될 수도 있었다.

'더럽군.'

조천천은 밖으로 나와 찬 공기를 들이 마시다 곧 어둠 속으로 사라졌다.


*          *          *


낮에 제갈수가 잠시 왔다 간 이후로 오가는 손님은 없었다. 시비들도 없는 곳이었기에 장권호만이 유일하게 움직이는 사람이었다. 단지 이곳을 감시하는 감시자들의 기척이 미약하게 느껴질 뿐이었다.

어둠이 내리자 장권호는 잠시 불을 밝히고 앉아 차를 마시다 주변이 완전하게 어둑해지자 불을 껐다.

불이 꺼지자 방 안을 멀리서 감시하던 감시자들도 조금은 편안한 마음으로 멀어졌다.

그들도 하루 종일 장권호를 감시하느라 피곤했고 교대 시간도 다가왔기 때문이다. 장권호의 일거수일투족을 감시하느라 힘이 다 빠진 모습들이었다.

휘이잉!

가벼운 바람이 그들의 머리 위로 불었으며 그 사이로

소리 없는 그림자가 천천히 장권호의 방 안으로 스며들었다.

침상에 걸터앉은 장권호는 조금 걱정스러운 표정으로 팔짱을 낀 채 가만히 문을 바라보고 있었다. 어제 나간 서영아가 아직도 돌아오지 않았기에 절로 걱정이 되었던 것이다.

서영아는 삼도천의 구조와 사람들의 인원을 파악하기 위해 나간 상태였다. 하지만 하루가 지난 지금도 아무 연락 없이 돌아오지 않았다. 오늘도 돌아오지 않는다면 서영아의 신변에 변고가 생긴 것으로 여겨야 했다.

그런 장권호의 우려와는 달리 바람 소리와 함께 방문 너머로 서영아의 기척이 느껴졌다. 장권호는 안심하며 팔짱을 풀었다.

"늦었군."

장권호의 낮은 목소리에 서영아는 목이 마른지 찬물을 마신 뒤 벽에 기대었다.

"생각했던 것보다 조용한 곳이라서 알아보는 데 시간이 걸렸어요."

"장백파에 관해 나온 것은 없고?"

"없었어요. 장백파에 관련된 정보나 자료를 찾으려 했는데 없더군요. 정보나 자료를 따로 보관하는 장소가 있는 모양이에요."

"그래?"

서영아는 장권호의 반짝이는 시선에 고개를 끄덕였다.

"장백파에 대한 정보를 다루는 곳이 없었어요. 책이나 자료를 보관하는 장소는 있었지만 장백파에 대해서만큼 은 어떤 자료도 없더군요. 아무래도 장백파에 대한 자료 는 다른 곳에서 다루는 것 같아요."

"그렇군."

장권호는 고개를 끄덕인 후 창밖으로 보이는 삼도천의 하늘을 올려다보았다.

"무적명은 이곳에 있겠지?"

장권호의 물음에 서영아는 대답을 못 했다. 그녀 역시 이곳에서 무적명의 이름에 걸맞는 인물은 못 보았기 때문 이다. 그렇다고 없다는 말을 할 수도 없었다. 삼도천은 중 원의 하늘과도 같은 곳이었다. 이곳에도 무적명이 없다면 과연 그는 어디에 있단 말인가? 서영아도 이곳에서 무적 명을 찾고 싶었다.

"없어도 상관은 없어. 어차피 제갈수가 찾아올 테니 까."

"그 사람은 믿을 수 있는 사람이 아니에요."

"알아."

장권호의 대답에 서영아는 미소를 보였다. 자신의 말을

믿어주었기 때문이다.

"그만 자자."

"예."

장권호의 말에 서영아는 소리 없이 벽으로 스며들었고 장권호는 침상에 누웠다.


이른 아침, 잠에서 깨어난 제갈수는 방에서 씻은 후 자신의 집무실로 향했다. 공천자가 없는 지금 삼도천의 모든 살림을 다 처리해야 하는 막중한 책임을 지녔기에 바쁘게 움직여야 했다.

곧 공천자가 오면 자신을 대신할 양청도 함께 오기 때문에 한가롭게 시간을 보낼 수 있다.

집무실의 문을 열고 안으로 들어선 제갈수는 잠시 걸음을 멈추었다. 집무실 한쪽에 놓인 다탁 옆에 눈에 익은 큰 덩치의 젊은 청년이 앉아 있었기 때문이다.

"오랜만이야."

덩치의 청년은 조금 붉은 낯빛으로 웃음을 보였다.

"광비."

제갈수는 광비로 불리는 마위의 모습에 미소를 보이며 자신의 자리에 가서 앉았다.

"무슨 일로 네가 모습을 다 보였지? 돈이라도 떨어졌나?"

제갈수의 물음에 광비는 아니라는 듯 손을 저었다.

"돈이 떨어진 게 아니라 모이라는 말에 일찍 온 것뿐이라고. 마침 가까운 곳에 있었으니까."

"어디에 있었는데?"

"남경에 있었지. 그곳에서 여자와 함께 마시는 술은 기가 막히거든."

광비의 말에 제갈수는 혀를 찬 후 다시 말했다.

"일단 왔으니 네 방에서 대기하고 있어. 조만간 네가 힘을 써야 할지도 모르니까."

"즐거운 일이라도 있는 모양이군?"

"글쎄……? 그럴지도. 후후."

제갈수는 미소를 보인 후 고개를 끄덕였다. 그 모습에 광비는 자리에서 일어섰다.

"왔다는 것을 알렸으니 나는 내 방에 가 있도록 하지. 조만간 일이 있었으면 좋겠어. 한동안 쉬었으니까 말이야."

"그래."

제갈수는 나가는 광비에게 손을 들어 보인 후 밤새 쌓인 서류들을 처리했다.

이른 아침의 햇빛이 강렬하게 창을 통해 들어오자 출출함을 느낀 제갈수는 아침이란 사실을 그제야 인지한 듯 보였다.

푸드득!

창을 통해 들려오는 소리에 제갈수는 자리에서 일어나 창으로 향했다. 얼마 지나지 않아 비둘기 한 마리가 그의 손에 앉았고 제갈수는 먹이를 주며 전서를 꺼내 들었다.

### 사(死)

"흠……."

절로 침음성이 입안에서 흘러나왔다. 어느 정도 예상은 하고 있었지만 이렇게 직접적으로 떨어진 명령에 당황하지 않을 수 없었다. 현재의 전력으로 그를 죽일 자신이 없어서가 아니라, 꽤 많은 사상자가 발생할 것 같았기 때문이다.

장권호는 강한 무인이었다.

"지금 있는 전력으로 죽이라는 뜻이겠지."

제갈수는 공천자의 명령을 어길 생각이 없었고 머릿속으로 지금 삼도천에 머무는 무인들의 수를 떠올렸다. 그리고 어렵지 않게 충분히 가능하다는 결론을 내렸다.

문제는 어떤 방법으로 그를 공격하는가였다. 어떤 방법을 써야 삼도천의 피해를 최소한으로 할 수 있을지 고민해야 했다.

　　　　　*　　　*　　　*

　저녁 무렵에 모습을 보인 서영아는 방 한쪽에 앉아 있
는 장권호에게 조용히 말했다.

　"오늘 유난히 조용하네요."

　"그래?"

　장권호의 시선에 서영아는 고개를 끄덕였다.

　"다른 때라면 훈련하는 무사들이 보일 법도 한데 오늘
따라 없네요. 거기다 움직이는 경비무사들의 수도 줄었어
요."

　"휴식을 취하는 날이 아닐까?"

　"그럴지도 모르겠네요."

　서영아는 장권호의 말에 수긍하는 듯 고개를 끄덕였다.
하지만 본능적으로 느낌이 좋지 않았다.

　"사람이 오네요."

　서영아는 발소리가 들리자 소리 없이 그림자 사이로 몸
을 숨겼다. 얼마 지나지 않아 문밖에서 사람의 기척이 들
렸고 안으로 삼도천의 무사가 모습을 보였다.

　"내일 점심을 함께하자는 총관의 말씀이 있었습니다."

　"그렇게 하겠소."

　"내일 점심에 오겠습니다."

　공손하게 말을 전한 무사는 할 말을 다 한 듯 다시 밖으

로 나갔다. 그가 나가자 서영아가 다시 모습을 보였다.

"잠시 나갔다 와야겠어요."

"수상한가?"

"제갈수는 믿을 사람이 못 돼요."

"일찍 와라."

장권호의 말에 서영아는 고개를 끄덕인 후 조용히 모습을 감추었다.


제갈수의 방 안으로 풍운이대의 대주인 절명도(絕命刀) 신해로가 들어섰다. 그는 사십 대의 중년인으로 날카로운 인상에 짧은 수염을 길렀고 다부진 체구를 하고 있었다.

그는 안으로 들어서 먼저 와서 앉아 있던 적혼단의 단주 노강주와 인사한 후 의자에 앉았다. 그가 앉자 제갈수가 모습을 보였다.

"불렀나?"

신해로의 물음에 제갈수는 미소를 보이며 의자에 앉았다.

"그렇습니다. 중대한 명령이 떨어져서 이렇게 모이시라 했습니다."

"그렇다면 회의실로 부르면 될 것을 방으로 부른 이유가 무엇인가?"

"현재 삼도천 내에 머물고 있는 적을 잡으려 하기 때문입니다."

제갈수의 말에 신해로의 눈빛이 차갑게 번뜩였다. 곧 방문을 열리고 백혼단과 귀혼단 단주가 모습을 보였다.

백혼단의 단주는 날렵한 체구에 백의를 입은 삼십 대 중반의 인물로 날카로운 눈매의 소유자였다. 그는 안으로 들어와 남은 의자에 앉았고 그 옆에 평범한 외모의 귀혼단주가 앉았다.

백혼단주 환영마수(幻影魔手) 조광과 귀혼단주 백영귀(百影鬼) 장위, 이들 둘까지 모두 앉자 제갈수가 말했다.

"모두 모였으니 다시 말하지요. 내일 본 천에 객으로 들어온 장권호를 죽일 것입니다."

"……!"

"음……."

제갈수의 말에 모두의 표정이 굳어졌다. 귀혼단주 장위는 침음성을 흘리며 미간을 찌푸렸고 조광은 차가운 미소를 그렸다.

"장권호는 내일 점심에 저와 함께 이곳에서 식사를 할 예정입니다. 그때를 맞추어서 귀혼단이 담장 밖을 맡으시고 백혼단과 적혼단이 그 뒤에 대기하시면 됩니다. 마지막으로 풍운이대가 대기하셨다가 포위망이 뚫렸을 때를 맡으시면 될 것입니다."

"간단하군."

풍운이대의 대주 신해로가 입을 열었다. 그의 말처럼 어려운 방법도 아니었고 고민할 작전도 아니었다. 그냥 신호와 함께 장권호를 공격하면 그만이었다.

"귀혼단이 먼저 치는 것인가?"

"그렇습니다."

장위의 말에 제갈수가 고개를 끄덕였다. 그러자 장위는 만족한다는 미소를 보였다. 확실하게 해야 한다는 듯 제갈수는 계속해서 말을 이었다.

"그의 무공으로 볼 때 그는 쉽게 삼단의 포위망을 빠져나갈 것입니다. 삼단은 그를 대연무장으로 유인하고 그곳에서 풍운이대가 팔성진으로 그의 발을 묶을 것입니다. 그렇게 하면 차륜전으로 우리가 쉽게 이길 거라 생각합니다."

"장권호 한 명을 잡으려고 삼도천 전력의 삼 할이 움직이는 것인가?"

"그렇습니다."

신해로의 물음에 제갈수는 당연하다는 듯 대답했다. 그 대답에 신해로는 미미하게 고개를 끄덕였다. 장권호를 상대하기에는 너무 과한 인원이라 생각했지만 확실하게 하는 편이 낫기에 수긍한 것이다.

"저와 광비는 뒤를 지원하겠습니다."

제갈수의 말에 모두 고개를 끄덕였다. 그들의 표정은

대다수 평온했으나 내일의 격전을 생각하는 듯 눈빛만큼
은 밝게 빛나고 있었다.

서영아는 지붕 밑 그림자에 숨어 그들의 대화를 엿듣고
있었다. 그들은 서영아의 존재에 대해 전혀 모르고 있었
으며 그녀의 기척조차 느끼지 못했다.

자신들이 했던 이야기가 장권호의 귀에 들어갈 거란 생
각은 전혀 하지 못했다.

서영아는 피어오르는 살심을 억누르며 조용히 그곳을
벗어나 장권호의 거처로 움직였다.

그녀는 그림자들 사이를 자유롭게 넘나들었으며, 바로
옆을 지나가는 경비무사조차 그녀의 움직임을 눈치채지
못했다. 그만큼 그녀의 경지가 높다는 증거였다.

방으로 들어온 서영아는 불을 끄고 기다리는 장권호에
게 다가가 그의 맞은편에 앉았다. 서영아는 조금 흥분한
듯 은연중 살기를 내뿜고 있었다.

"좋지 못한 소리라도 들은 모양이군."

"제 생각이 맞았어요. 그들은 내일 오후에 주인님을 죽
이려 할 거예요."

서영아의 말에 장권호는 미미하게 고개를 끄덕였다.

"어떻게 할까요? 새벽을 틈타 빠져나가도 괜찮을 것 같
은데요."

서영아의 말에 장권호는 잠시 생각하다 곧 입을 열었
다.

"제갈수만 따로 만날 수 없을까?"

"납치를 할까요?"

"그것도 좋은 방법이겠지. 어차피 나를 죽이려 하는데
예의를 차릴 필요 있나?"

"예."

"기회를 봐서 데리고 나가는 게 좋겠어."

"알겠어요. 그럼 새벽에 제가 제갈수를 데리고 빠져나
갈 테니 정문 밖에서 기다려 주세요."

"그러지."

장권호의 대답에 서영아는 눈을 반짝이며 새벽이 오기
를 기다렸다.


새벽이 오자 제갈수의 방으로 흘러들어간 서영아는 소
리 없이 제갈수의 마혈과 아혈을 점하였다.

"……!"

제갈수는 자는 사이 누군가 갑작스럽게 자신의 혈도를
점하는 손길에 놀라 눈을 떴다. 하지만 이미 온몸이 마비
된 상태였고, 아혈이 점해져 소리도 지를 수 없었다.

무엇보다 놀란 것은 자신이 상대의 기척조차 느끼지 못
했다는 점이다. 게다가 눈앞에 서 있는 자는 마치 귀신이

라도 되는 듯 백색의 귀면탈을 쓰고 있었다.

슥!

귀면탈을 쓴 서영아는 제갈수를 어깨에 메고 번개처럼 방을 빠져나갔다. 이미 삼도천의 지리를 파악한 그녀였기에 정문 밖으로 나가는 일은 그리 어렵지 않았다.

그녀가 제갈수를 데리고 정문을 빠져나와 깊은 산중에 숨어들자 소리 없이 장권호가 모습을 보였다.

"……!"

제갈수는 장권호가 갑작스럽게 모습을 보이자 다시 한 번 놀란 표정으로 눈을 부릅떴다. 어떻게 장권호가 자신의 눈앞에 있게 되었는지 의문이었다.

다른 것은 제쳐 두더라도 자신들이 계획한 일이 잘못되었다는 것은 확실히 알았다. 또한 자신이 살아 돌아가기 어렵다는 생각도.

"삼도천의 육비는 강호의 후지기수들 중 영특하고 대단히 뛰어난 무인이라 들었는데 실망이네."

장권호는 정말 실망한 사람처럼 씁쓸한 표정으로 고개를 저으며 손을 뻗었다. 그러자 제갈수의 아혈을 풀렸고 제갈수는 재빠르게 소리를 지르려 했다. 그 순간 차가운 금속의 느낌이 목젖에 닿았다. 서영아가 뒤에서 검을 겨눈 것이다.

"흡!"

제갈수는 자신도 모르게 헛숨을 삼켜야 했다. 장권호의 갑작스러운 등장에 잠시 서영아의 존재를 잊었다. 자신을 납치한 서영아의 존재조차 잊을 정도로 제갈수는 평소와 달리 상당히 당황한 상태였다.

제갈수는 침을 삼킨 뒤 긴장으로 두근거리는 심장을 안정시킨 후에야 입을 열었다.

"왜 나를 이런 곳에 데려온 것이오?"

"이유는 자네가 더 잘 알지 않나? 자네의 의지대로 나를 죽이기 위해 모의한 것은 아닐 테고 누가 나를 죽이라고 지시했나?"

장권호의 물음에 제갈수는 적지 않게 당황했다. 그가 지난밤의 일을 모두 알고 있는 것처럼 보였기 때문이다.

그러다 그는 자신의 목에 검을 겨눈 서영아의 존재를 의식했다.

"쥐새끼가 모두 들은 모양이오?"

슥!

"큭!"

쥐새끼라는 말에 서영아가 검에 기를 불어 넣었다. 그러자 검날에 살짝 빛이 어리더니 제갈수의 살을 베었다. 그 따가움에 제갈수는 인상을 찌푸렸고 목에선 핏방울이 흘러내렸다.

"묻는 것만 대답해."

서영아의 낮은 목소리가 조용히 흐르자 그 목소리에 담긴 짙은 살기에 제갈수는 마른침을 삼켜야 했다. 장권호는 자신을 죽일 사람으로 보이지 않았지만, 서영아는 자신을 죽일지도 모른다는 생각이 든 것이다.

장권호가 다시 물었다.

"장백파를 멸문시킨 것이 삼도천인가?"

제갈수는 그 물음에 잠시 입을 다물었다. 꽤나 생각하는 듯 눈동자를 굴리자 서영아가 다시 한 번 살기를 보였다. 장권호는 그런 서영아에게 고개를 저었고 서영아는 조용히 고개만 끄덕이며 살기를 거두었다.

생각하는 중에도 그 변화를 읽고 있던 제갈수였다. 그는 생각을 정리한 듯 곧 장권호를 향해 입을 열었다.

"장백파가 멸문한 건 우리 삼도천이 결정한 일이었지."

제갈수의 말에 장권호는 의외로 담담한 표정을 보였다.

"이유는?"

"그건 나도 몰라. 거기다 대내외적으로 비밀이었기에 알고 있는 사람들도 드물지. 또한 소수의 고수만이 간 것으로 알고 있다."

"그들이 누구지?"

"그것까지 내가 알거라고 생각하나? 그 정도의 정보를 알 정도라면 적어도 천자님이나 천주님 정도는 돼야지."

제갈수의 말에 장권호가 단정 짓듯 질문했다.

"천주가 무적명이겠군?"

제갈수는 당연하다는 듯 고개를 끄덕였다. 장권호는 좀 더 차분한 표정을 보였다.

"내가 아는 것은 거기까지다."

"나를 죽이라고 한 자는 천주인가?"

"삼도천의 삼천자 중 한 분인 공천자님께서 시킨 일이다. 강호에 관한 일은 그분이 주로 주관하시지. 그분의 눈 밖에 난 자 중에 살아 있는 사람은 없어. 네놈도 조만간 죽겠지. 강호의 한 줌 먼지가 되어 그 이름도 사라질 테고 말이야."

제갈수가 재미있다는 눈빛으로 말을 하자 장권호는 선 선히 고개를 끄덕였다. 이미 원하는 대답을 들었기 때문이다. 제갈수는 장권호의 반응을 상관하지 않고 계속해서 말했다.

"내가 죽게 된다면 제갈세가가 움직이겠지. 장백파는 변방의 작은 문파인데 나 한 명 죽여서 제갈세가를 적으로 돌린다면 손해가 클 걸세. 또한 삼도천 역시 장백파의 살아남은 자들과 그 식구들을 단 한 명도 남기지 않고 모두 죽이겠지. 이 땅에 장백파가 영원히 사라지는 것이네."

"그 말은 내게 하는 경고인가?"

"경솔하게 행동하지 말고 돌아가라는 뜻이네. 자네를

생각해서 하는 말이지."

잠시 입을 닫은 제갈수는 비웃기라도 하듯 미소를 보이며 다시 말했다.

"장백파 주제에 감히 삼도천을 상대한다고? 개도 웃을 일이지. 지금이라도 나를 풀어주고 조용히 장백산으로 돌아가는 게 자네를 위해서도 또 장백파를 위해서도 좋은 일이네. 문파를 다시 재건해야 할 게 아닌가?"

제갈수의 말에 서영아가 오히려 강한 살기를 보였다. 장권호는 그저 담담한 표정이었고 곧 그는 신형을 돌렸다. 서영아가 말했다.

"죽이는 게 나을 것 같아요."

"왜지?"

장권호의 물음에 서영아가 빠르게 대답했다.

"이런 자들은 수치심도 모르는 자들이라 야비한 짓거리를 해서라도 오늘의 굴욕을 갚으려 들 거예요. 수단과 방법을 가리지 않을 자이니 죽이는 게 낫겠어요."

서영아의 말에 제갈수가 말했다.

"제대로 파악하고 있군. 나를 살려두면 언젠가 후회할 것이네. 그렇다고 죽이지도 못할 것이네. 나를 죽이면 강호를 적으로 돌리는 것과 같으니 말이야."

"강호를 적으로 돌린다 하여도 죽이는 게 낫겠어요."

서영아가 제갈수의 말을 받으며 말하자 제갈수의 안색

이 바뀌었다. 장권호는 선선히 고개를 끄덕였다.

"그게 낫겠어."

장권호의 대답에 제갈수는 눈을 부릅뜨며 말했다.

"나를 정말 죽이겠다는 것이냐? 후회할 텐데? 강호를 적으로 돌리게 될지도 모르는 일인데도 말이냐? 삼도천을 무시하고 살아남은 문파나 사람은 없었다."

제갈수의 말에 서영아가 검을 움직이며 낮게 속삭였다.

"착각하지 마. 우리를 적으로 돌린 삼도천이 두려움에 떨어야 할 테니까."

말이 끝나는 순간 서영아는 미련 없이 제갈수의 목을 베려 했다. 그때까지 가만히 있던 장권호가 서영아의 팔을 잡았다. 서영아가 시선을 돌려 장권호의 얼굴을 보자 장권호는 고개를 저었다.

"살려두실 건가요?"

"쓸데없이 죽일 필요는 없어."

장권호의 말에 서영아가 짧은 숨을 내쉬었다. 그 장면을 지켜보던 제갈수가 의기양양하게 소리쳤다.

"거봐라! 내가 죽일 수 없다고 했지!"

픽!

"컥!"

서영아의 팔꿈치가 제갈수의 안면을 찍었다. 잠시 멍한 표정으로 자신이 정말 맞은 것인지를 생각하던 제갈수는 밀려오는 고통에 정말 얼굴을 구타당했다는 사실을 깨달았다.

"이런 쌍!"

코에서는 쌍코피가 흐르고 입술까지 터져 볼품없어진 제갈수가 매서운 눈빛으로 서영아를 노려보자, 서영아는 기다렸다는 듯이 제갈수를 마구 패기 시작했다.

퍽! 퍽!

"악! 잠깐! 잠깐! 얼굴만은……!"

"닥쳐!"

퍼퍽!

한참 동안 제갈수의 온몸을 골고루 때려 기절시킨 서영아는 그를 숲에 잘 숨겨놓고 상쾌한 얼굴로 장권호의 옆에 섰다.

"삼도천으로 가시는 건가요?"

"가서 천주가 오길 기다려야지."

장권호의 말에 서영아는 고개를 끄덕인 후 재빨리 숲의 그림자 사이로 모습을 감추었다.

제8장

만남

　삼도천은 현재 비상사태에 돌입한 상태였다. 제갈수가 없어졌기 때문이다. 제갈수 혼자 없어졌다면 외출이라도 한 것으로 알겠지만, 문제는 장권호도 같이 없어졌다는 점이다. 기껏 장권호를 죽이려고 무사들을 다 모았는데, 정작 계획의 목표물이 없어진 것이다.

　연무장에 모인 삼도천의 수많은 무사들은 그저 명령만을 기다리며 대기하는 상태였고 그들의 상관들은 대전 앞에 모여 심각한 표정을 지으며 고민하고 있었다. 이대로 장권호를 수색할 것인지 아니면 제갈수를 찾을 것인지 선택해야 했기 때문이다.

　아무것도 모르는 상태에서 섣불리 움직이는 것도 무리

였다.

"혹시 장권호가 납치한 것이 아니오?"

백혼단주 조광의 말에 풍운이대의 대주 신해로가 고개를 저었다.

"그럴 리가 있겠소? 제갈 총관 실력으로 쉽게 당했겠소? 지금 총관의 부재보다 더 중요한 문제는 장권호가 없다는 것이오. 설마 우리의 계획을 눈치채고 야반도주를……?"

신해로의 의문스러운 표정에 옆에 서 있던 노강주가 입을 열었다.

"우리의 계획을 장권호가 알 리 있겠소? 절대 모를 것이오. 일단 제거 대상이 사라졌으니, 장권호를 수색하는 방향으로 바꾸고 제갈 총관은 따로 찾는 게 나을 듯싶소. 혹시 조 단주의 말처럼 장권호에게 납치당했을 가능성도 있으니 말이오."

노강주의 말에 모두들 고개를 끄덕였다. 무엇보다 하필 계획을 실행하려는 날 아침에 장권호가 사라졌다는 사실이 마음에 걸렸고 뭔가 찜찜했다. 마치 볼일을 보고 일어서 뒷간을 나섰는데 아직 볼일이 끝나지 않은 기분이랄까? 뭔가 뱃속에서 남아 있는 그런 기분이었다.

또한 그 시간에 제갈수도 없어 졌다는 게 이해가 안 됐다. 자신이 만든 계획을 중단하고 연락도 없이 사라지다니, 아무리 급한 일이 있다 해도 보통은 알리고 삼도천을 나선다. 아무런 연락도 없이 사라지는 일은 여태 한 번도 없었다.

'장권호가 정말 제갈수를 데려간 것일까? 그렇다면 우리의 계획을 알고 있었다는 뜻인데……. 그럴 리가 없다.'

노강주는 고개를 저으며 미간을 찌푸렸다.

머리가 좋다면 이 시점에서 장권호와 제갈수 한꺼번에 사라진 점을 의심하고 곧바로 움직였을 테지만, 안타깝게도 노강주는 머리가 그리 좋은 편이 아니었다.

끼이이익!

한참을 우왕좌왕하며 갈피를 잡지 못하고 있을 때, 굳게 닫혀 있던 삼도천의 정문이 부서지며 열렸고 육중한 소리가 연무장 전체에 울렸다. 그리고 열린 문 사이로 장권호가 모습을 보였다. 삼도천의 무사들이 이제 막 제갈수와 장권호를 찾으러 나가려고 준비를 하던 순간이었다.

노강주는 눈을 부릅뜨며 부서진 문 너머로 들어오는 장권호를 쳐다보았다.

"장권호?"

노강주는 장권호를 눈으로 확인하자 조금은 어이없으면서도 화가 났다. 그가 삼도천의 정문을 부수며 나타났기 때문이다.

호의적인 상태라면 있을 수 없는 일. 그 뜻은 명백한 선전포고였다.

삼시간에 삼도천의 고수들에게 둘러싸인 장권호는 전혀 위축된 기색 없이 당당한 걸음으로 중앙까지 걸어갔다. 그러자 노강주가 위에서 내려와 장권호의 앞에 섰고, 그 주변을 단주들과 풍운이대의 대주 신해로가 둘러섰다.

그들은 장권호가 사라졌다가 갑자기 정문을 열고 들어오자 매우 당황스러운 표정이었다. 무엇보다 당당한 장권호의 행동에 왠지 자신들이 위축되는 기분을 느꼈다.

그런 기분이 드는 근본적인 이유는 그들이 장권호를 죽이려 했다는 점이지레 찔렸기 때문이다. 마치 도둑질을 하다 들킨 사람 같은 기분이랄까? 그런 기분을 노강주를 비롯한 모두가 느끼고 있었다.

"떠난 줄 알았더니 다시 나타났군."

"그냥 가려고 했는데 볼일이 떠올라서 다시 왔소."

장권호의 말에 노강주가 눈을 번뜩였다.

"볼일? 제갈 총관에게 볼일이 있다면 그냥 가시게. 지금은 없으니까."

노강주의 말에 장권호가 '피식!' 거리며 말했다.

"제갈수에게는 이미 볼일을 모두 끝낸 상태요. 내가 볼일이 있는 것은 천주외다."

"……!"

천주라는 말에 모두의 표정이 굳어졌다. 노강주와 옆에 서 있던 조광이 살기를 보이며 싸늘하게 일갈했다.

"곱게 보내주려 했더니 오랑캐 주제에 감히 누굴 만나? 죽고 싶어 환장했구나."

"아무래도 오늘 여기서 자네를 극락영토에 보내야 할 것 같네."

"어차피 그럴 생각 아니었소? 좋을 대로 하시오."

장권호는 상관없다는 듯 담담하게 대답했다. 그런 그의 행동에 노강주가 조소를 보였다.

"그 오만한 모습이 언제까지 갈지 기대하겠다."

장권호에게 말한 노강주는 단주들과 뒤로 물러섰다.

"쳐라!"

노강주의 외침에 삼도천의 무사들이 일제히 강렬한 살기를 뿌리며 장권호를 압박했다.

그들은 차륜전을 펼치기 위해 일사불란하게 진을 형성하듯 세 개의 큰 원을 만들었다.

하지만 이미 몇 번이고 다수의 적과 싸워왔던 장권호기에 먼저 움직이는 것이 유리하다는 것을 잘 알고 있었다. 또한 이럴 때는 우두머리를 먼저 치는 방법이 상책이란 것도 알고 있었다. 아직 포위망이 완성되지 않은 이 시점에서 움직여야 했다.

장권호는 망설이지 않고 일 장 높이로 뛰어오르며 물러서는 노강주를 향해 묵도를 던졌다.

쉬아악!

허공을 가르며 날아드는 묵도의 파공성에 노강주가 놀라 신형을 돌렸고, 그의 눈에 강한 내력이 담긴 묵도가 다가오는 모습이 보였다. 그 속도가 너무 쾌속해 피할 시간적인 여유조차 없었다.

"이런!"

노강주는 깜짝 놀라 도를 꺼내 들며 묵도를 막았다. 하지만 날아드는 묵도와 마주치는 순간, 온몸이 부서질 것 같은 충격이 전신을 강타했다.

쾅!

"컥!"

피를 토하며 뒤로 날아간 노강주가 계단에 부딪혔다. 그 순간 해를 등지고 날아드는 장권호의 모습이 잡혔다. 어느새 장권호의 손에는 묵검이 들려 있었으며 오직 노강주만 노렸다.

쉬악!

공간을 가르는 바람 소리가 울렸고 장권호를 향해 두 개의 빛이 번뜩였다. 신해로와 조광이었다. 그들은 침착하게 장권호의 하체를 노리고 들어왔다. 신해로의 검이 검기를 뿌리며 다리를, 조광의 손이 검은 빛을 내며 하복

부를 노렸다.

급작스러운 공격에 당황할 만도 했지만 장권호는 침착하게 온몸의 힘을 하체에 실어 천근추를 펼쳤다. 그 순간 장권호의 신형이 일직선으로 바닥을 향해 떨어졌고 조광과 신해로가 서로 교차하며 지나쳤다.

쿵!

육중한 소리와 함께 바닥의 돌들이 깨져 사방으로 비산했으며 지축이 흔들렸다. 장권호의 눈에 그 순간에도 자리를 움직여 자신을 에워싸려는 무사들의 모습이 보였다. 장권호는 즉시 검을 들어 바닥을 때렸다.

쾅!

폭음과 함께 돌조각이 다시 한 번 사방으로 퍼져나갔다. 하지만 좀 전에 천근추로 인해 깨지던 돌조각의 성격과는 달리 날카로운 경기를 머금은 돌 조각들이었다.

따다다당!

여기저기에서 금속음이 울리며 신음성도 흘러나왔다. 포위하려던 무사들의 전신으로 돌조각들이 날아갔기 때문이다.

슈악!

먼지구름 사이를 뚫고 나온 장권호는 검을 들어 노강주의 앞을 재빨리 막았던 무사들을 향해 휘둘렀다. 그냥 몽둥이로 휘두르듯 공격하자 무사들이 본능적으로 검을 들어 막았다.

까강!

"컥!"

"헉!"

장권호의 검과 그들의 검이 마주치자 들고 있던 검이 마치 엿가락처럼 부러져나갔다. 그와 동시에 온몸으로 강한 충격이 퍼지며 뒤로 물러나야 했다. 장권호의 파쇄공이 보여준 강한 위력이었다.

쾅!

다시 한 번 휘둘러 옆에 있던 세 명의 무사들을 후려친 장권호는 비명과 피를 토하며 뒤로 쓰러진 무사들을 넘어 노강주에게 향했다.

"크윽!"

그때 노강주는 거칠게 숨을 몰아쉬며 막 일어서고 있었다.

"우엑!"

다시 한 번 피를 토한 노강주는 눈을 부릅뜨며 자신의 눈앞에 다가온 둥근 주먹을 봐야 했다.

"뭐?"

빡!

장권호의 왼 주먹에 안면을 가격당한 노강주의 얼굴이 크게 일그러졌고, 그의 신형이 허공으로 붕 떠오르더니 뒤로 날아가 대전의 문을 부쉈다. '우당탕!' 거리는 소리가 대전 안에서 요란하게 울렸고 곧 쥐 죽은 듯 조용해졌다.

아주 찰나의 순간에 일어난 일이었고 노강주의 신형이 거의 십여 장을 날아 대전 안으로 사라진 것도 순식간의 일이었다.

"이럴 수가."

노강주가 단 한 번도 손을 써보지 못한 채 눈앞에서 사라지자 삼도천의 무사들은 적지 않게 놀랐다. 자신들을 이끌던 수뇌가 별 힘을 쓰지 못하고 당하는 모습을 보자 사기가 단번에 떨어졌다.

장권호는 그들에게 자신에게 덤비면 이렇게 된다는 것을 본보기로 보여준 것이다.

"당황하지 마라!"

조광이 외치자 적혼단의 무사들이 번개처럼 빠르게 장권호를 공격해왔다. 장권호는 삼면에서 다가오는 그들을 향해 눈을 반짝이며 노강주가 있던 자리에 떨어진 묵도를 들어 조광에게 던졌다.

팡!

공간을 가르고 날아가는 묵도의 모습을 눈에 담은 조광의 안색이 바뀌었다. 단순한 공격임에도 노강주를 가볍게 처리한 위력을 지녔기 때문이다.

"이놈!"

조광이 양팔을 뻗어 강맹한 기운을 뿌렸다.

쾅!

폭음과 함께 묵도가 허공으로 솟구치자 어느새 날아오른 장권호가 묵도를 낚아채 다시 한 번 땅으로 던졌다.

"조심하시오!"

조광은 재빨리 뒤로 피했고 신해로가 내려오는 장권호에게 검광을 뿌리며 날아들었다. 장권호는 신해로를 향해 검을 뻗어 그의 검을 막았다.

땅!

금속음이 허공중에 한 번 울리고 반탄력에 놀란 신해로가 뒤로 내려섰다. 장권호는 땅에 내려서면서 조광을 향해 묵검을 던졌다.

쉬아악!

강력한 힘이 실린 검은 묵빛을 뿌리며 조광에게 날아갔다. 검은 마치 활을 떠난 화살처럼 맹렬한 바람 소리를 냈다.

"어리석구나!"

조광은 검을 버리는 장권호의 행동을 비웃으며 재빨리 피한 후 장권호를 향해 달려들었다. 그때 장권호의 신형이 살짝 흔들리더니 사라졌다. 조광은 눈을 부릅떴고 바람 소리가 귓가에 울리자 고개를 좌측으로 돌리며 본능적으로 쌍수를 뻗었다.

쾅!

"크악!"

뒤로 날아가는 조광의 오른 손목이 위로 꺾여 있었다.
단 한 수에 손목이 부러진 것이다. 그리고 어느새 다가온
장권호가 왼 주먹으로 명치를 가격하자, 조광이 숨넘어가
는 소리와 함께 위로 떠오르다 바닥에 대자로 쓰러졌다.

철푸덕!

조광마저 게거품을 물며 눈을 뒤집은 채 바닥에 쓰러지
자 무사들이 다시 한 번 동요했다. 이 많은 무사들이 달려
들기도 전에 벌써 노강주와 조광이 쓰러졌기 때문이다.

장권호의 신형이 미끄러지듯 움직이더니 손에 묵도를
쥐었다. 그리고 아무렇지도 않게 천천히 걸음을 옮겨 검
이 떨어진 곳으로 향했다.

쉭쉭!

바람 소리와 함께 좌우로 두 명의 적혼단의 무사가 달
려들자 장권호는 왼손만 가볍게 들었다.

빠빡!

주먹이 닿는 순간 두 무사의 머리에서 강렬한 타육음이
들렸고, 그들은 달려들 때보다 더욱 빠르게 뒤로 튕겨나
갔다. 그들의 몸은 심하게 회전하며 날아갔고, 이내 바닥
에 널브러졌다. 쓰러진 그 모습이 조광과 비슷해 보였다.

무엇보다 그의 주먹이 어떻게 움직였는지 보이지도 않았다는 점이 더욱 두려웠다.

꿀꺽!

누군가의 목에서 침 넘어가는 소리가 낮게 울렸다.

\*　　　\*　　　\*

"천천히 올라가자."

뒤에서 걷던 유영천이 먼저 앞서가는 향비를 향해 말했다. 그러자 향비가 고개를 돌리더니 급한 표정으로 대답했다.

"오랜만에 오는 곳이라 그런지 기분이 좋아요. 빨리 올라가서 시원한 공기를 마시고 싶어요."

"그래? 그럼 먼저 올라가거라."

"천주님은요?"

"천천히 계곡 물이라도 마시면서 올라갈 테니 너무 걱정하지 말고."

유영천의 말에 향비가 미소를 보이더니 고개를 끄덕였다. 천주인 유영천의 발끝에도 미치지 못하는 무공으로 누구를 걱정하겠는가? 향비는 빠르게 대답했다.

"그럼 먼저 올라갈게요. 천주님도 빨리 오셔야 해요."

"그래."

유영천의 대답에 향비가 먼저 다람쥐처럼 빠르게 산을 올라갔다. 그 모습을 보던 유영천은 방향을 바꿔 계곡으로 향했다. 시원한 계곡에 잠시 발이라도 담그고 싶어졌기 때문이다.

쏴아아!

바위 사이로 물이 흐르는 소리가 시원하게 들려왔고 시원한 바람이 머리를 스치고 지나갔다. 여유로운 기분이 든 유영천은 바위에 앉아 신발을 벗었다. 그는 찬 물에 맨발을 담그고는 잠시 팔베개를 하고 누웠다.

"그립군……."

문득 과거에 장백산에 올라 사부와 함께 계곡에서 이렇게 한가한 시간을 보냈던 기억이 떠올랐다. 그리고 사제도 생각났고 마지막으로 어린 장권호의 얼굴도 떠올랐다.

그에게 장권호는 아들 같은 존재라고 해야 할까? 나이 차이가 꽤 났기 때문에 사제라기보다 아들 같은 느낌이었다.

"안 본지가 꽤 되었어…… 보고 싶은데 보러 갈 수가 없으니 참으로 안타깝구나."

유영천은 혼잣말을 중얼거리다 눈을 감았다. 순간 그의 몸이 미세한 흔들림을 느꼈고 그와 함께 이질적인 폭음이 들려왔다.

"……?"

유영천은 다시 눈을 떴다. 그때 다시 한 번 그의 귓가에
공기가 터져나가는 듯한 소리가 들렸다.

"문제가 생겼나?"

유영천은 삼도천에서 들리는 이질적인 소리에 살짝 미
간을 찌푸리다 자리에서 일어섰다. 아니, 일어섰다 싶은
순간 그의 신형은 이미 유령처럼 사라져 있었다.


따다당!

십여 명의 적혼단원 무기를 부러뜨리며 그들을 뒤로 물
린 장권호는 충격에 비틀거리는 적혼단원의 머리를 넘어
신해로를 향해 뻗어 나갔다.

"이놈!"

신해로가 자신을 향해 다가오는 장권호를 향해 오히려
앞으로 나서며 양홍관일(洋紅關一)의 초식을 펼쳤다. 공수
를 모두 대비할 수 있는 초식이었다. 신해로가 극성으로
끌어 올린 내력은 검기를 만들어냈다. 하지만 장권호는
주저 없이 신해로의 검을 쳐냈다.

쾅!

"헉!"

폭음과 함께 신해로는 밀려오는 충격에 놀라 뒤로 날았
다. 장권호도 신형을 멈추며 뒤로 물러섰다.

파팍!

그가 있던 자리에 두 명의 백혼단원이 모습을 나타냈고 그들의 머리를 넘으며 다섯 명의 백혼단원이 더 나타났다.

장권호는 그들이 뿜어내는 강맹한 기운에 잠시 물러선 것이다. 하지만 그것도 잠시 뿐 장권호는 도를 들어 그들의 무기를 쳤다.

따다다당!

요란한 금속음이 들렸고, 강렬한 충격을 느끼며 뒤로 물러선 백혼단원들이 잠시 비틀거렸다. 그 찰나의 순간 장권호의 신형이 그들의 눈앞에 흐릿하게 나타나더니, 다시 한 번 강렬한 충격이 그들의 머리를 때렸다.

퍼퍼퍽!

삽시간에 안면을 강타당한 백혼단원들이 바닥에 널브러졌고, 장권호는 자신을 향해 날아드는 신해로와 장위를 발견했다.

앞서 다가온 것은 장위였고 신해로가 뒤따라 왔기에 장권호는 신형을 돌려 먼저 장위의 도를 막았다.

땅!

"큭!"

손이 떨어져 나갈 것 같은 충격에 뒤로 물러선 장위는 신해로의 검광이 장권호의 잔상을 흩어지게 하는 모습을 보았다. 장권호는 뒤로 물러선 상태였고 신해로는 안색을 굳힌 채 장권호를 노려보고 있었다.

"대비한다고 했는데도 아프군."

장위가 손을 털며 중얼거렸다. 그때 백혼단원들이 장권호를 덮치다 강한 격타음과 함께 뒤로 날아가는 모습이 보였다.

"빌어먹을 새끼."

장위가 중얼거리며 도를 늘어뜨렸다. 하지만 곧 그는 뒤로 물러서야 했다. 드디어 삼원으로 이루어진 진이 완성되었기 때문이다.


사사삭!

서로 다른 세 개의 원은 반대되는 방향으로 조금씩 움직이며 장권호를 중심으로 돌고 있었다. 최초의 원은 장권호와 삼 장 거리에 있었다. 두 번째는 앞의 원보다 다시 삼 장 더 떨어진 곳에 있었으며, 마지막은 두 번째와 오 장이나 떨어져 있었다.

"음……."

장권호는 그들이 움직이면서 형성항 무형의 압박감이 밀려오자 살짝 눈살을 찌푸렸다. 신해로를 잡기 전에 어들이 사용하는 진에 갇혔기 때문이다. 장권호는 가볍게 심호흡을 하더니 곧 허공으로 크게 입을 벌려 외쳤다.

"으아아아아!"

"크악!"

"윽!"

삽시간에 허공으로 솟구친 거대한 울음소리는 삼도천 전체에 울렸으며, 마치 무이산을 뒤흔드는 것 같았다.

삼도천의 무사들이 한순간 귀를 틀어막으며 인상을 찌푸렸고, 가장 앞줄에 있던 무사들은 비틀거리며 주저앉았다. 장권호의 사자후(獅子吼)였다.

인간의 한계를 벗어난 무인들만이 쓸 수 있다고 알려진 사자후에 삼도천이 흔들린 것이다.

"합!"

장권호는 순간 기합과 함께 한 발 나서더니 목도로 땅을 강하게 내리쳤다. 팔 할에 가까운 내력이 담긴 도로 내려치자, 땅은 거대한 폭음과 함께 터져나가며 사방으로 흙과 돌들을 뿌렸다.

"크악!"

"헉!"

날아드는 돌들에 부딪친 사람들이 비명을 질렀고, 폭발의 영향권에 있던 무사들은 피범벅이 되어 뒤로 날아갔다. 그 한 수에 연무장의 오 장여가 파괴되었고 큰 구덩이가 생겨났다.

"미친······."

신해로가 어느새 대전 근처까지 물러나 장권호의 한 수

로 한순간에 진이 무너진 모습을 보며 입을 다물지 못하였다. 장위 역시 마찬가지로 그저 놀랍다는 표정이었다.

퍼펙!

장권호는 가볍게 걸음을 옮기며 비틀거리는 무사들의 어깨를 가볍게 묵도로 내리쳤다. 사자후로 인해 입은 내상 때문에 삼도천의 무사들은 크게 저항하지 못하는 상태였고, 장권호는 그 사이를 마치 산책이라도 나온 사람처럼 휘젓고 다녔다.

쉬아악!

장권호는 두 명의 풍운이대 무사들을 쓰러뜨린 후 다시 발을 옮기려다 뒤통수에서 느껴지는 날카로운 바람 소리에 눈을 반짝였다. 정문에서 날아온 소리였기 때문이다.

"제가 할게요."

순간 장권호의 그림자에서 팔과 함께 검이 튀어나왔다.

따당!

"헉!"

그 모습을 본 무사들이 크게 놀랐고 담장 위에 올라선 그림자도 깜짝 놀란 듯 눈을 부릅떴다. 곧 다른 팔 하나가 그림자 사이에서 튀어나오더니 서서히 사람 얼굴이 위로 솟구쳤다. 얼굴을 머리카락으로 반쯤 가린 서영아였다.

서영아의 기괴한 등장에 비도를 던졌던 그림자는 입술

을 깨물어야했다.

"암영추혼술(暗影追魂術)."

향비는 살수들이 쓰는 잠입술 중 최고라 알려진 수법을
눈으로 보게 되자 절로 긴장할 수밖에 없었다.

머리카락으로 얼굴을 가려 눈은 볼 수 없었지만 분명
자신을 노려보고 있는 게 틀림없었다.

"사파의 무리로구나!"

향비가 분노한 표정으로 검을 뽑아 들고 날아들었다.

"비겁한 년. 뒤통수나 노리는 년이 사파를 운운할 자격
이 있을 것 같으냐?"

서영아가 낮게 중얼거리며 장권호에게서 받은 기린검
을 번개처럼 허공중에 십여 번 움직였다. 순간 '쉭쉭!' 거
리는 바람 소리와 함께 날카로운 검기가 향비를 향해 뻗
어 나갔다.

"……!"

향비는 삽시간에 거리를 좁히며 날아드는 검기 다발에
매우 놀란 듯 눈을 부릅떴다. 서영아가 자신의 생각보다
더한 고수였기 때문이다. 향비는 허공중에 신형을 비틀며
검으로 몸을 보호했다. 그때 그녀의 주변에서 붉은 꽃잎
이 피어나자 서영아의 눈동자가 반짝였다.

따다당!

"소홍검법(小紅劍法)!"

서영아는 아미파의 검법으로 알려진 소홍검법이 향비의 손에서 펼쳐지는 모습을 보게 되자 놀랄 수밖에 없었다.

따다당!

꽃잎이 사라지며 서영아의 검기도 사라졌다. 그 순간 허공중에서 빛과 함께 거대한 검은 그림자가 소리도 없이 번개처럼 서영아를 향해 떨어졌다.

쾅!

폭음과 함께 서영아의 주변에서 흙먼지가 일어났으나 서영아의 신형은 흔들림이 없었다.

"큭!"

도리어 신음은 다른 곳에서 들렸다. 신음과 함께 허공중에서 십여 바퀴나 돈 큰 체구의 사내가 향비의 옆으로 내려섰다.

"강한 년이군."

광비(狂神)로 불리는 마위가 유엽도를 쥔 손목을 돌리며 중얼거렸다. 장권호의 사자후에 잠에서 깨어 달려온 그였다.

"어제도 술을 처먹은 모양이야?"

향비의 물음에 마위는 미미하게 고개를 끄덕였다. 고갯짓은 했지만 눈은 서영아에게 고정되어 있었다. 향비 역시 입으로 묻지만 눈은 서영아에게 향해 있었다. 둘 다 서영아에게서 눈을 떼는 순간 자신이 죽을지도 모른다는 기분을 느꼈기 때문이다.

"정체를 밝혀라."

마위의 물음에 서영아가 입꼬리를 살짝 올리며 손을 번개처럼 움직였다.

쉭!

바람 소리가 강렬하게 일더니, 무색투명한 기운이 마치 파도처럼 밀려들었다.

"무식한 검풍(劍風)이로군!"

청석 바닥을 쓸면서 날아드는 거대한 파도에 향비가 검을 세웠고 마위가 도를 땅에 꽂았다.

쾅! 쾅!

검풍을 막은 향비와 마위의 신형이 강한 충격에 흔들렸다. 어느새 서영아의 신형이 그들의 눈앞으로 다가왔다.

"막아라!"

그때 풍운이대의 무사들이 그들의 앞을 막아섰다. 순간 '퍼퍼퍽!' 거리는 소리와 함께 세 명의 무사들의 몸이 조각나는 모습을 향비와 마위는 똑똑히 볼 수 있었다. 그들을 넘은 서영아는 망설임 없이 향비의 목을 찔렀다.

"이런!"

향비가 내력을 끌어 올리며 검을 들어 막았고, 마위도 가만있지 않고 서영아의 하체를 쓸었다. 그 순간 서영아

의 신형이 마치 허깨비처럼 뒤로 물러섰고, 어느새 그녀
의 손에서 십여 개의 검기가 마치 거미줄처럼 뻗어 나와
향비에게 쏟아졌다.

향비가 놀라 검을 들었다.

쾅!

"윽!"

강렬한 충격에 향비가 비틀거리며 물러서자 마위가 향
비의 앞을 막아섰다. 그녀의 앞을 막자마자 번갯불이 번
뜩였고, 마위는 이를 악물며 도를 들어 막았다.

쾅!

"이년!"

마위가 본능적으로 밀려오는 충격에 도를 양손으로 움
켜쥐었다. 그 순간 다시 빛이 번뜩였다.

쾅!

"쌍년!"

번갯불이 다시 빛나자 마위가 눈을 부릅떴다. 양팔에
힘이 빠져나가는 느낌이 들었기 때문이다.

쾅!

"쿨럭!"

마위가 비틀거리며 뒤로 물러서다 주저앉았다. 서영아
는 주저앉은 마위를 그냥 지나쳤고, 그대로 향비의 목을
노리며 검을 베어갔다.

향비는 눈을 부릅뜬 채 날아드는 서영아의 검을 눈으로
쫓으며 검을 들어 올리고 있었다. 절체절명의 순간, 향비
의 눈앞에 흐릿한 기운이 나타났다.

팍!

낮은 소음과 함께 향비에게 향하던 검이 허공중에 멈추
었으며 섭선 하나가 서영아의 기린검을 막고 있었다.

"……!"

서영아는 눈을 크게 뜨며 갑작스럽게 나타난 이십 대
후반의 청년을 노려보았다.

무엇보다 놀란 것은 그 청년의 움직임이 예사롭지 않다
는 점이다.

또한 아무리 삼 할 정도의 내력으로 검을 휘둘렀다곤
해도 자신의 검을 무력하게 만들었다는 점이 중요했다.
본능적으로 그가 굉장히 위험한 상대라는 것이 느껴졌다.

휘리릭!

뒤로 물러선 서영아는 장권호의 등에 기대어 서며 말했
다.

"고수예요."

"……?"

장권호의 앞에는 벌써 백 명이 넘는 무사들이 쓰러져
있는 상태였다. 그 앞에 신해로와 장위도 땀에 젖은 모습
을 한 채 장권호를 노려보고 있었다.

"강호십대고수와 비교해도 손색이 없어요."

서영아의 말에 장권호는 흥미로운 표정으로 신해로와 장위를 바라보다 신형을 돌렸고, 서영아가 장권호가 있던 자리에 대신 섰다. 서로 위치를 뒤바꾼 것이다.

"꽤나 화려하게 해놓았군."

"천주님!"

유영천의 낮은 목소리가 사방에 울리는 순간, 그를 알아본 무사들이 놀라 외쳤으며 신해로와 장위도 놀란 표정으로 눈을 부릅떴다.

휘리리릭!

옷깃을 스치는 바람 소리가 사방에서 일어나더니 각양각색의 중년인과 노인들이 대전의 지붕 위에 모습을 나타냈다. 그들은 삼도천의 장로들로 무이산의 여기저기에 흩어져 지내다 장권호의 사자후를 듣고 나타난 것이다.

유영천은 장로들을 보다 곧 시선을 돌려 지금 이렇게 자신의 집을 화려하게 망쳐놓은 장본인을 바라보았다.

"놀라워."

유영천은 가벼운 미소를 보이며 장권호의 모습을 바라보다 그 얼굴이 익숙하다는 것에 표정을 굳혔다.

강인한 눈매와 언제나 거짓 없이 진실만을 말하던 입술 모양까지도 눈에 익은 모습이었다. 순간 유영천의 뇌리에 한 명의 얼굴이 스쳤다.

그때 장권호의 전신이 크게 흔들리더니 서서히 강한 투기가 사방으로 뻗어 나가기 시작했다.

"장검명……."

장권호는 어금니를 꽉 깨물었다.


〈다음 권에 계속〉


만남 319

# 오만한 자들의 황야

의 모래바람 사이를 떠도는 유령들,

름 붙일 수 없는 참혹에 바치는

악장의 진혼곡

은 장편소설

『만한 자들의 황야』

dream
books
드림북스

*Swallow Knights Tales*

"스왈로우 나이츠 신입 기사 엔디미온 키리안,
『SKT 개정판』으로 다시 돌아왔습니다!
미온이라고 불러 주세요."

매권 호화 부록
미공개 외전,
컬러 일러스트 등 수록!